W0186787

Gertrude Stein
Portraits und Stücke I

Gertrude Stein
Portraits und Stücke I
Geography and Plays I

Aus dem Amerikanischen
von Bernd Samland

Arche

Portraits und Stücke I entspricht Seite 13–201 der englischen Originalausgabe *Geography and Plays*, erschienen 1968 bei Something Else Press, Inc., New York.

© der deutschen Ausgabe: 1986 by Arche Verlag AG, Raabe + Vitali, Zürich
Alle Rechte vorbehalten
Die Originalausgabe erschien 1922 u. d. T.
Geography and Plays
© 1922 und 1968 by The Estate of the late Gertrude Stein
Gestaltung: Max Bartholl, Frankfurt
Gesamtherstellung: Kösel, Kempten
Printed in Germany
ISBN 3-7160-2040-0

Inhalt

Susie Asado

Sweet sweet sweet sweet sweet tea.
Susie Asado.
Sweet sweet sweet sweet sweet tea.
Susie Asado.
Susie Asado which is a told tray sure.
A lean on the shoe this means slips slips hers.
When the ancient light grey is clean it is yellow, it is a silver seller.
This is a please this is a please there are the saids to jelly.
These are the wets these say the sets to leave a crown to Incy.
Incy is short for incubus.
A pot. A pot is a beginning of a rare bit of trees. Trees tremble, the old vats are in bobbles, bobbles which shade and shove and render clean, render clean must.
Drink pups.
Drink pups drink pups lease a sash hold, see it shine and a bobolink has pins. It shows a nail.
What is a nail. A nail is unison.
Sweet sweet sweet sweet sweet tea.

Susie Asado

Suite Suite Suite Suite Suite i.
    Susie Asado.
Suite Suite Suite Suite Suite i.
    Susie Asado.
Susie Asado wie tschüß er tollt Reh Schur.
Elly Nonnen See Schuh süß Miene Slips Slips hör's.
Wenn sie ähnt schönt leit kräh es klieren Iltis je loh, Iltisse Silber Teller.
Sissis Plissee Sissis Plissee sehr Ase sätest oh Celli. Sieh es Ase wetzt sieh's zäh See setzt Olive Grauen tu Inky.
Inky iß Schorf vor Inkubus.
Ab hott. Ab hott Isar beginn ungefähr er bitte hofft Ries. Trist rempel, sie holt Wetzer in babbelst, babbelst Witz Schäden schaffend Ränder klieren, Ränder klieren Mast.
    Drin Kebabs.
Drin Kebabs drin Kebabs Lieses Esche holt, ziehet scheinen da Beau Beau linkes pinn es. Id Schoß Annerl.
Wo dies Annerl. Annerl lies Juni Senn.
Suite Suite Suite Suite Suite i.

(AdÜ: Susie as I do, you see as I do.)

Susie Asado

Süß süß süß süß süß Tee.
    Susie Asado.
Süß süß süß süß süß Tee.
    Susie Asado.
Susie Asado die ist ein er zählt das Tablett bestimmt.
Ein Stand auf dem Schuh dies meint rutscht rutscht ihrs.
Wenn das alte Hellgrau rein ist ist es gelber, es ist ein Silverversilberer.
Dies ist ein bitte dies ist ein bitte da sind die Besagten zu Gelee. Dies sind die Nässen die sagen den Sätzen Inky eine Krone zu hinterlassen.
Inky ist kurz für Inkubus.
Ein Topf. Ein Topf ist ein Beginn von einem raren Ast Gabel Bissen der Bäume. Bäume beben, die alten Fässer heben und gären, gären Diebe Schatten und schieben und machen rein, machen Most rein.
    Trinket Hundchen.
Trinket Hundchen trinket Hundchen miete eine Schärpe halt, sieh sie scheinen und ein Reisstärling hat Nadeln. Es zeigt einen Nagel.
Was ist ein Nagel. Ein Nagel ist Einklang.
Süß süß süß süß süß Tee.

(AdÜ: Susie wie ich's tu.)

Ada

Barnes Colhard sagte nicht er wollte es nicht tun aber er tat es nicht. Er tat es und dann tat er es doch nicht, er dachte nicht einmal darüber nach. Er dachte bloß irgendwann könnte er schon irgendwas tun.
Sein Vater Mr. Abram Colhard sprach darüber mit einem jeden und sehr viele von ihnen sprachen mit Barnes Colhard darüber und er hörte ihnen immer zu.
Dann verliebte sich Barnes in ein sehr nettes Mädchen und sie wollte ihn nicht heiraten. Er weinte dann, sein Vater Mr. Abram Colhard tröstete ihn und sie machten eine Reise und Barnes versprach er wollte tun was sein Vater von ihm wollte daß er es tue. Er tat die Sache nicht, er dachte er würde eine andere Sache tun, er tat die andere Sache nicht, sein Vater Mr. Colhard wollte nicht von ihm daß er die andere Sache tue. Er tat dann tatsächlich gar nichts. Als er ein gutes Stück älter war heiratete er ein sehr reiches Mädchen. Er hatte gedacht vielleicht würde er ihr keinen Antrag machen aber seine Schwester schrieb ihm daß es eine

gute Sache sein würde. Er heiratete das reiche Mädchen und sie dachte er sei der wunderbarste Mann und einer der alles wisse. Barnes gab nie mehr aus als das Einkommen aus dem Vermögen das er und seine Frau dann hatten, will sagen sie gaben nicht mehr aus als das Einkommen und das war eine Überraschung für sehr viele die ihn kannten und von seiner Verheiratung mit dem Mädchen wußten das ein so großes Vermögen hatte. Er hatte ein glückliches Leben während er lebte und nachdem er tot war erinnerten sich seine Frau und seine Kinder seiner.

Er hatte eine Schwester die auch erfolgreich genug war darin eine zu sein am Leben zu sein. Seine Schwester war eine der es gelang glücklicher zu sein als es den meisten Menschen zu sein gelingt im Leben. Ihr gelang es eine völlig Glückliche zu sein. Sie war doppelt so alt wie ihr Bruder. Sie war ihrer Mutter eine sehr gute Tochter gewesen. Sie und ihre Mutter hatten einander immer sehr hübsche Geschichten erzählt. Viele alte Männer liebten es sie diese Geschichten ihrer Mutter erzählen zu hören. Ein jeder der jemals ihre Mutter kannte mochte ihre Mutter. Vielen tat es später leid daß nicht ein jeder die Tochter mochte. Wohl mochten viele die Tochter doch nicht ein jeder wie ein jeder die Mutter gemocht hatte. Die Tochter war bezaubernd innerlich in sich, es zeigte sich nicht einem jeden äußerlich in ihr, manchen zeigte es sich sicherlich. Sie dachte manchmal ihre Mutter würde über Geschichten erfreut sein die ihre Mutter nicht erfreuten, als ihre Mutter später kränker war wußte die Tochter daß da manche Geschichten waren die sie ihr erzählen konnte die ihre Mutter nicht erfreuten. Ihre Mutter starb und wirklich hatten meistens gemeinsam Mutter und Tochter einander sehr glücklich gemeinsam Geschichten erzählt.

Die Tochter führte dann das Haus für ihren Vater und kümmerte sich um ihren Bruder. Da waren viele Verwandte die bei ihnen lebten. Die Tochter mochte sie nicht bei ihnen leben haben und sie mochte sie nicht bei ihnen sterben haben. Die Tochter, Ada hatten sie sie genannt nach ihrer Großmutter die auf entzückende Weisen Blumen zu riechen und Datteln und Zucker zu essen pflegte, mochte das damals überhaupt nicht so wie sie auch nicht soviel Sterben mochte und sie mochte nichts von dem Leben das sie damals lebte. Irgenddann und wann erzählten alte Herren ihr entzückende Geschichten. Meistens waren dann da keine netten von irgendeinem erzählten Geschichten in ihrem Leben. Sie sagte ihrem Vater Mr. Abram Colhard daß sie es überhaupt nicht mochte eine zu sein dann am Leben zu sein. Er sagte niemals irgendwas. Sie fürchtete sich dann, sie war eine die bezaubernde Geschichten brauchte und deren glückliches Erzählen und diese Sache nicht habend zitterte sie immer. Dann waren alle die bei ihnen leben konnten tot und da waren dann der Vater und der Sohn ein junger Mann dann und die Tochter der es gelang dann jene zu sein. Ihr Großvater hatte ihnen jedem von ihnen etwas Geld hinterlassen. Ada sagte sie gehe daran es zu gebrauchen um von ihnen fortzugehen. Der Vater sagte nichts dann, dann sagte er

etwas und sie sagte nichts dann, dann sagten sie beide nichts und dann war es so daß sie von ihnen fortging. Der Vater war durchaus zart dann, sie war seine Tochter dann. Er schrieb ihr zarte Briefe dann, sie schrieb ihm zarte Briefe dann, sie kam nie zurück um bei ihm zu leben. Er wollte sie sollte kommen und sie schrieb ihm zarte Briefe dann. Er mochte die zarten Briefe die sie ihm schrieb. Er wollte sie sollte bei ihm leben. Sie antwortete ihm zarte Briefe an ihn schreibend und in ihnen tatsächlich sehr nette Geschichten erzählend. Er schrieb nichts und dann schrieb er wieder und da war dann etwas Warten und dann schrieb er zarte Briefe wieder und wieder.
Sie kam dazu glücklicher zu sein als sonst irgend jemand der dann lebte. Es ist einfach diese Sache zu glauben. Sie erzählte jemandem der liebte jede Geschichte die bezaubernd war. Jemand der lebte war fast immer am lauschen. Jemand der liebte war fast immer am lauschen. Jene die liebte war fast immer am lauschen. Jene die liebte erzählte dann eine zu sein die lauschte. Jene die eine Liebende war erzählte dann Geschichten die einen Anfang hatten eine Mitte und ein Ende. Jene war dann eine die immer völlig lauschte. Ada war dann eine und ihr ganzes Leben war dann eines völlig Geschichten zu erzählen die bezaubernd waren, völlig Geschichten zu lauschen die einen Anfang hatten und eine Mitte und ein Ende. Beben war ganz Leben, Leben war ganz Lieben, jemand war dann die andere. Sicherlich liebte diese eine diese Ada dann. Und sicherlich

war Ada in ihrem ganzen Leben glücklicher im Leben als sonst irgend jemand der jemals leben konnte, lebte, lebt und jemals leben wird.

Miss Furr und Miss Skeene

Helen Furr hatte durchaus ein angenehmes Heim. Mrs. Furr war durchaus eine angenehme Frau. Mr. Furr war durchaus ein angenehmer Mann. Helen Furr hatte durchaus eine angenehme Stimme eine Stimme durchaus wert kultiviert zu werden. Sie hatte nichts dagegen zu arbeiten. Sie arbeitete um ihre Stimme zu kultivieren. Sie fand es nicht fröhlich am selben Ort zu leben wo sie immer gelebt hatte. Sie ging an einen Ort wo manche etwas kultivierten, Stimmen und andere Dinge die der Kultivierung bedurften. Sie begegnete Georgine Skeene dort die ihre Stimme kultivierte die manche für durchaus eine angenehme hielten. Helen Furr und Georgine Skeene lebten dann zusammen. Georgine Skeene hatte das Reisen gern. Helen Furr machte sich nichts aus Reisen, sie hatte es gern an einem Ort zu bleiben und dort fröhlich zu sein. Sie waren dann zusammen und reisten an einen anderen Ort und blieben dort und waren fröhlich dort.

Sie blieben dort und waren fröhlich dort, nicht sehr

fröhlich dort, bloß fröhlich dort. Sie waren beide fröhlich dort, sie arbeiteten beide regelmäßig dort sie kultivierten beide ihre Stimmen dort, sie waren beide fröhlich dort. Georgine Skeene war fröhlich dort und sie war regelmäßig, regelmäßig im Fröhlichsein, regelmäßig im Nichtfröhlichsein, regelmäßig darin eine Fröhliche zu sein die nicht länger fröhlich war als es brauchte um durchaus eine Fröhliche zu sein. Sie waren beide fröhlich dann dort und arbeiteten beide dort dann.

Sie waren auf eine Art beide fröhlich dort wo viele da waren die etwas kultivierten. Sie waren beide regelmäßig in ihrem Fröhlichsein dort. Helen Furr war fröhlich dort, sie war fröhlicher und fröhlicher dort, will sagen sie fand Arten dort fröhlich zu sein die sie dazu verwandte dort fröhlich zu sein. Sie war fröhlich dort, nicht fröhlicher und fröhlicher, bloß fröhlich dort, will sagen sie war nicht fröhlicher durch die Verwendung der Dinge die sie dort fand das waren fröhliche Dinge, sie war fröhlich dort, immer war sie fröhlich dort.

Sie waren durchaus regelmäßig fröhlich dort, Helen Furr und Georgine Skeene, sie waren regelmäßig fröhlich dort wo sie fröhlich waren. Sie waren sehr regelmäßig fröhlich dort.

Regelmäßig fröhlich zu sein war täglich das Fröhliche zu tun das sie täglich taten. Regelmäßig fröhlich zu sein war täglich den Tag zur gleichen Zeit zu beenden nachdem sie regelmäßig fröhlich gewesen waren. Sie waren regelmäßig fröhlich. Sie waren täglich fröhlich. Sie beendeten täglich jeden Tag auf die gleiche Art

und Weise, zur gleichen Zeit, und sie waren täglich regelmäßig fröhlich gewesen.
Die Stimme die Helen Furr kultivierte war durchaus eine angenehme. Die Stimme die Georgine Skeene kultivierte war, sagten manche, eine bessere. Die Stimme die Helen Furr kultivierte kultivierte sie und sie war durchaus vollkommen eine genügend angenehme dann, eine genügend kultivierte dann. Die Stimme die Georgine Skeene kultivierte die kultivierte sie nicht zu sehr. Sie kultivierte sie durchaus etwas. Sie kultivierte sie und sie fuhr manchmal fort sie zu kultivieren und sie war dann keine unangenehme, sie war dann stets nie eine unangenehme, sie war stets durchaus eine genügend voll kultivierte, sie war stets durchaus genügend voll um eine genügend angenehme zu sein.
Sie waren fröhlich dort wo viele waren die etwas kultivierten. Die beiden waren fröhlich dort, waren regelmäßig fröhlich dort. Georgine Skeene hätte es gern gehabt mehr Reisen zu machen. Sie machten wohl einige Reisen, nicht sehr viele Reisen, Georgine Skeene hätte es gern gehabt mehr Reisen zu machen, Helen Furr machte sich nichts daraus Reisen zu machen, sie hatte es gern an einem Ort zu bleiben und dort fröhlich zu sein.
Sie blieben an einem Ort und waren fröhlich dort, sie blieben beide dort, sie blieben zusammen dort, sie waren fröhlich dort, sie waren regelmäßig fröhlich dort.
Sie gingen durchaus oft, nicht sehr oft, aber sie gingen doch dorthin zurück wo Helen Furr ein genü-

gend angenehmes Heim hatte und Georgine Skeene ging dann an einen Ort wo ihr Bruder durchaus einiges Ansehen hatte. Sie beide gingen, alle paar Jahre, gingen zu Besuch dorthin wo Helen Furr durchaus ein angenehmes Heim hatte. Sicherlich fand es Helen Furr nicht fröhlich zu bleiben, sie fand es tatsächlich nicht fröhlich, sie sagte sie wollte nicht bleiben, sie sagte sie fände es nicht fröhlich, sie sagte sie wollte nicht bleiben wo sie es nicht fröhlich fände, sie sagte sie fände es fröhlich wo sie tatsächlich ihre Bleibe gefunden habe und sie blieb tatsächlich dort wo sehr viele etwas kultivierten. Sie blieb tatsächlich dort. Sie fand es tatsächlich immer fröhlich dort.

Sie ging jene zu sehen wo sie immer gelebt hatte und wo sie es nicht fröhlich fand. Sie hatte ein angenehmes Heim dort, Mrs. Furr war eine genügend angenehme Frau, Mr. Furr war ein genügend angenehmer Mann, Helen sagte es ihnen und sie sorgten sich nicht daß sie es nicht fröhlich fand dort zu leben wo sie immer gelebt hatte.

Georgine Skeene und Helen Furr lebten dort wo sie beide ihre Stimmen kultivierten und sie waren fröhlich dort. Sie besuchten den Ort von wo Helen Furr gekommen war und dann gingen sie dorthin wo sie lebten wo sie dann regelmäßig lebten.

Es waren da einige dunkle und schwere Männer dort dann. Es waren da einige die nicht so schwer waren und einige die nicht so dunkel waren. Helen Furr und Georgine Skeene saßen regelmäßig bei ihnen. Sie saßen regelmäßig bei jenen die dunkel und schwer waren. Sie saßen regelmäßig bei jenen die nicht so dunkel waren. Sie saßen regelmäßig bei jenen die nicht so schwer waren. Sie saßen bei ihnen regelmäßig, saßen bei einigen von ihnen. Sie gingen mit ihnen regelmäßig, gingen mit ihnen. Sie waren regelmäßig dann, sie waren fröhlich dann, sie waren wo sie es sich wünschten zu sein dann wo es fröhlich war zu sein dann, sie waren regelmäßig fröhlich dann. Es waren da Männer dort dann die dunkel und schwer waren und sie saßen bei ihnen bei Helen Furr und Georgine Skeene, und sie gingen mit den schweren und dunklen Männern Miss Furr und Miss Skeene gingen mit ihnen, und sie saßen bei ihnen, Miss Furr und Miss Skeene saßen bei ihnen, und es waren da andere Männer, einige waren keine schweren Männer und sie saßen bei Miss Furr und Miss Skeene und Miss Furr und Miss Skeene saßen bei ihnen, und es waren da andere Männer die keine dunklen Männer waren und sie saßen bei Miss Furr und Miss Skeene und Miss Furr und Miss Skeene saßen bei ihnen. Miss Furr und Miss Skeene gingen mit ihnen und sie gingen mit Miss Furr und Miss Skeene, einige die keine schweren Männer waren, einige die keine dunklen Männer waren. Miss Furr und Miss Skeene saßen regelmäßig, sie saßen bei einigen Männern. Miss Furr und Miss Skeene gingen und es waren da einige Männer bei ihnen. Es waren da Männer und Miss Furr und Miss Skeene gingen mit ihnen, gingen irgendwohin mit ihnen, gingen mit einigen von ihnen.

Helen Furr und Georgine Skeene lebten regelmäßig dort wo sehr viele lebten und etwas in sich kultivierten. Helen Furr und Georgine Skeene lebten sehr

regelmäßig dann, waren dabei sehr regelmäßig zu sein dann im Fröhlichsein dann. Sie lernten dann wohl viele Arten und Weisen fröhlich zu sein und sie waren dann dabei fröhlich zu sein, waren durchaus regelmäßig im Fröhlichsein, waren dabei fröhlich zu sein und sie waren dabei kleine Dinge zu lernen, kleine Dinge in den Arten und Weisen fröhlich zu sein, sie waren sehr regelmäßig dann, sie waren dabei sehr viele kleine Dinge zu lernen in Arten und Weisen fröhlich zu sein, sie waren dabei fröhlich zu sein und diese kleinen Dinge zu gebrauchen die sie dabei waren zu lernen um sie zu haben um damit fröhlich zu sein damit regelmäßig fröhlich zu sein dann und sie waren im gleichen Maße fröhlich wie sie fröhlich gewesen waren. Sie waren durchaus fröhlich, sie waren durchaus regelmäßig, sie waren dabei kleine Dinge zu lernen, fröhliche kleine Dinge, sie waren fröhlich innerlich in sich im gleichen Maße wie sie fröhlich gewesen waren, sie waren die gleiche Zeitspanne fröhlich die sie täglich fröhlich gewesen waren.
Sie waren regelmäßig darin im Fröhlichsein, sie lernten kleine Dinge die Dinge sind im Fröhlichsein, sie lernten viele kleine Dinge die Dinge sind im Fröhlichsein, sie waren täglich fröhlich, sie waren regelmäßig, sie waren fröhlich, sie waren die gleiche Zeitspanne täglich fröhlich, sie waren fröhlich, sie waren durchaus regelmäßig fröhlich.
Georgine Skeene ging davon um zwei Monate bei ihrem Bruder zu bleiben. Helen Furr ging dann nicht daran um bei ihrem Vater und ihrer Mutter zu bleiben. Helen Furr blieb dort wo sie regelmäßig gelebt

hatten die beiden und sie sollte dann sicherlich nicht einsam sein, sie sollte wohl weiterhin fröhlich sein. Sie war tatsächlich weiterhin fröhlich. Sie war um nichts mehr fröhlicher aber sie war täglich länger fröhlich als sie fröhlich gewesen waren als sie zusammen fröhlich gewesen waren. Sie war fröhlich dann auf durchaus genau dieselbe Art und Weise. Sie lernte noch einige kleine Arten und Weisen zu sein beim Fröhlichsein. Sie war durchaus fröhlich und auf dieselbe Art und Weise, dieselbe Art und Weise wie sie fröhlich gewesen war, und sie war täglich ein wenig länger fröhlich, täglich war sie immer mehr fröhlich. Sie war täglich länger fröhlich als damals die beiden fröhlich gewesen waren. Sie war fröhlich durchaus auf die Art und Weise wie sie fröhlich gewesen waren, durchaus auf dieselbe Art und Weise.
Sie war nicht einsam dann, sie spürte überhaupt kein Bedürfnis danach Georgine Skeene zu haben. Sie wunderte sich nicht über diese Sache. Sie hätte sich ein wenig gewundert über diese Sache doch sie wußte sie wunderte sich über überhaupt nichts und so wunderte sie sich nicht über diese Sache, wunderte sich nicht darüber gar nicht das Bedürfnis zu spüren Georgine Skeene zu haben.
Helen Furr hatte durchaus eine vollkommen angenehme Stimme und sie war durchaus gut genug kultiviert und sie konnte sie gebrauchen und gebrauchte sie tatsächlich doch da gab es dann gar keine Art und Weise mehr Arbeit an der Kultivierung einer vollkommen angenehmen Stimme wenn sie eine durchaus vollkommen gut genug kultivierte geworden ist,

und da nützte es nicht viel sie zu gebrauchen wenn man nicht wollte daß sie einem helfe dabei aus sich eine Fröhliche zu machen. Helen Furr hatte es nicht nötig ihre Stimme zu gebrauchen um eine Fröhliche zu sein. Sie war fröhlich dann und manchmal gebrauchte sie ihre Stimme und sie machte nicht sehr oft Gebrauch von ihrer Stimme. Sie war durchaus vollkommen genug kultiviert und sie war durchaus vollkommen eine angenehme und sie gebrauchte sie nicht sehr oft. Sie war dann, sie war durchaus genauso fröhlich wie sie es gewesen war, sie war täglich ein wenig länger fröhlich als sie sie es gewesen war.
Sie war fröhlich auf genau dieselbe Art und Weise. Sie war niemals müde fröhlich zu sein auf diese Art und Weise. Sie hatte sehr viele kleine Arten und Weisen zu gebrauchen gelernt beim Fröhlichsein. Sehr viele erzählten davon andere Arten und Weisen zu gebrauchen beim Fröhlichsein. Sie war fröhlich genug, sie war immer fröhlich auf genau dieselbe Art und Weise, sie lernte immer kleine Dinge zu gebrauchen beim Fröhlichsein, sie erzählte davon andere Arten und Weisen zu gebrauchen beim Fröhlichsein, sie erzählte davon andere Arten und Weisen zu lernen beim Fröhlichsein, sie lernte andere Arten und Weisen beim Fröhlichsein, sie sollte dann auch andere Arten und Weisen gebrauchen beim Fröhlichsein, sie sollte dann auch immer auf dieselbe Art und Weise fröhlich sein, wenn Georgine Skeene dort war nicht so lange täglich wie wenn Georgine Skeene fort war.
Sie kam dazu viele Arten und Weisen zu gebrauchen beim Fröhlichsein, sie kam dazu jede Art und Weise

zu gebrauchen beim Fröhlichsein. Sie lebte weiterhin dort wo viele etwas kultivierten und sie war fröhlich, sie hatte jede Art und Weise gebraucht um fröhlich zu sein.
Sie lebten nicht zusammen dann Helen Furr und Georgine Skeene. Helen Furr lebte länger dort wo sie regelmäßig zusammen gelebt hatten. Dann lebte dort keine von beiden noch länger. Helen Furr lebte irgendwo anders dann und erzählte einigen vom Fröhlichsein und sie war fröhlich dann und sie lebte durchaus regelmäßig dann. Sie war regelmäßig fröhlich dann. Sie war durchaus regelmäßig im Fröhlichsein dann. Sie gedachte all der kleinen Arten und Weisen beim Fröhlichsein. Sie gebrauchte all die kleinen Arten und Weisen beim Fröhlichsein. Sie war durchaus regelmäßig fröhlich. Sie erzählte vielen dann die Art und Weise fröhlich zu sein, sie lehrte sehr viele dann kleine Arten und Weisen die sie gebrauchen konnten beim Fröhlichsein. Sie lebte sehr gut, sie war fröhlich dann, sie lebte weiterhin dann, sie war regelmäßig im Fröhlichsein, sie lebte immer sehr gut und war fröhlich sehr wohl und erzählte von kleinen Arten und Weisen die man lernen konnte um sie zu gebrauchen beim Fröhlichsein, und erzählte es ihnen später durchaus oft, erzählte es ihnen immer wieder.

Eine Kollektion

Meine liebe Miss Carey: Eine Story

Es waren dort kleine Orte zu sehen Fernville, die Stadt, das Krankenhaus, die Liegenden im Krankenhaus, die Küste und die Großstadt.

Einst trafen wir meinen Bruder er läutete eine Glocke. Er benötigte einen Regenschirm aber er wollte ihn nicht kaufen. Ich schickte ihm einen nicht bereits bezahlt. O ja die Leute sind freundlich sie trinken alle zusammen. Sogar jetzt. Nein nicht jetzt. Wir sind spät.

Hast du den Birnbaum gesehen. Er ähnelt den Feigen. Sie sind oft reif. Sie wachsen in großer Fülle.

Wir mögen Milch. Mein Vater mag Milch und Kaffee.

Wann immer es Blumen gibt ist meine Mutter zornig. Sie ist sogar zornig auf mich. Das soll heißen sie ist großzügig genug und wünscht alles zurück. Wir sind alle so. Mein Bruder trägt Kohlen davon in einem kleinen Sack zum Gebrauch. Alle dunklen Tage sind nötig. Keine Erlaubnis wird erbeten und sie wird gegeben. Für den ganzen Tag. Für den ganzen Tag. Wann immer sie gebraucht wird. Nicht wann immer sie gebraucht wird. Wir machen was wir sagen so wird es am besten gemacht. Sogar religiöse Leute machen das so.

Kommt zusammen in Fernville. Ich nicht ich danke dir. Mein Bruder findet Taschentücher dort. Für Männer. Für Männer und für Frauen. Das tut auch seine Gattin. Viele. Nicht sehr viele. Sie hat sie bei sich. Ist das so. Viele Taschentücher sind nicht nötig in Fernville. Nein wirklich. Wir entlassen die Kirche. Wir trennen sie. Wir haben sie heute. Sehr viele Leute schauen. Bei einander vorbei. Das nun überhaupt nicht. Das Postamt. Das Postamt meines Bruders. Jetzt. Nicht jetzt. Ja er ist dort jetzt. Seit dem Krieg. Ja seit dem Krieg.

Ich erinnere mich wie ich A B war von C. Ich sprach nicht mit alten Männern dann nicht wenn ich beschäftigt war. Ich wartete bis ich müde war und dann setzten wir uns alle hin zu einer Tasse Kaffee. Kaffee ist sehr nahrhaft. Ich bin sehr empfänglich für den Einfluß von Kaffee. Das sind wir alle.

Denkst du daß wir verheiratet sind. Daß wir alle verheiratet sind. Mr. Weeks ist verheiratet. Er wird imstande sein meinem Rat zu folgen. Ich rate ihm in mein Land zu gehen. Dort wird er sich sehr gut machen. Der einzige Rat den ich ihm zu geben habe ist nie in der Stadt zu leben. Seine Frau mag die Stadt nicht ebensowenig mag sie ein sonniges Klima. Sie ist

nicht imstande mit ihm umherzufahren. Wir reisen allesamt ab am Ende des Monats.
Sei doch nicht zornig.
Ich war sehr überrascht daß das Wasser von gleicher Farbe war.
Wie was.
Wie die Sonne.
Ich glaube ich muß sofort gehen.
Hast du den anderen völlig vergessen.
Im Wasser ertrinken.
Dies ist eine Frage über die ich mich niemals erkundigt habe weil man im Sommer nicht darüber nachdenkt. Jetzt ist es Winter aber es ist so warm wie im Sommer.
Liebe Freunde haben eine Art sich einem Ort zu verbinden. Wir finden in manchen Bezirken gibt es bessere Arten Geld zu investieren. Manche finden daß sie am Ende des Krieges nicht imstande sind weiterhin ihre Häuser abzuzahlen.
Berührt dich dies.
O nein denn selbst wenn der Vater meines Kindes getötet wird wird seine Schwester weiterhin das Geld geben. Sie ist gesetzlich dazu verpflichtet.
Dies macht die Sache sehr einfach.
Nicht für mich ich bin immer daran gewöhnt gewesen und habe manche Schwierigkeit gehabt.
Ja wir wissen wir wissen daß es plötzlich kalt ist.
Du freust dich nicht die Sonne untergehen zu sehen.
Wirklich ich kann es dir nicht verdenken.

Polybe in Port: Ein Vorspiel

Polybe in Port.
Ein Jäger. Er war kein Jäger. Er hatte eine Flinte. Ich weiß nicht ob sie die Erlaubnis haben zu schießen. Natürlich muß er sie haben wenn er eine Flinte hat. In diesem Land hat es sehr viele Hunde die Kaninchen jagen. Sie laufen schneller.
Wir sind überrascht ihn zu sehen.
Polybe ist ein Ornament.
Er ist nicht dünner.
Er mag das Wasser jetzt.
Dies das glaube ich nicht.
Ebensowenig glaube ich daß es irgendeine Absicht gab jenen Weg zu gehen. Welchen Weg meinst du. Polybe erinnert sich nicht. An mich. Ja. Das Haus. Ja. Der Diener. Ja. Du irrst dich nicht.
Wir irren uns nicht.
Sehr viele Büsche ein jeder von ihnen ist bezeichnet.

II. Szene

Eine Ehre für mich.
Die Sorgen und Pflichten einer Mutter waren Carrie Russell verwehrt geblieben.
Polybe sei still.
Er sagte ernsthaft daß es nichts ausmachte.

Spanisches Geschnatter

Führst du Bücher.
Alle Trauungen sind zurück.
Tauben.
Tauben erkennen Personen. Tun sie das. Wir sahen sie. Sie flogen umher.
Taubenschießen ist nötig. Wofür. Für das Meer.
Ich sehe alte Pfefferschoten die getrocknet sind. Wir beklagen uns nicht. Wir sagen Winde sind ungestüm und ich wünsche keine. Wünsche mir keine. Ich wünsche keine Sterne zu sehen. Ruf es von hier hinaus. Du meinst jenen Pfahl. Nein keineswegs ich meine nicht Inca.
O ja sicherlich.

Sie kamen zusammen

Ich kann eine kleine Geschichte erzählen. Ich kann weder den Charakter noch die Farbe auf der Straße noch die Art eines Steines beschreiben. Sehr viele Leute haben Silberbörsen.

Wilde Blumen

Wir sammelten wilde Blumen. Wir fanden daran sehr viel Gefallen. In einem Fenster sahen wir die Dinge ausgestellt die auf dem Lande zu finden sind.
Es war eine Befriedigung daß wir die zeitweilige Einrichtung hatten welche es uns ermöglichte einen anderen Diener zu bitten unseren Diener nicht zu besu-

chen. Wir taten nichts dergleichen. Wir ließen unsere besten Interessen nicht außer acht.

Werden sie Deutschland zermalmen

Sie werden Deutschland zermalmen. Darüber gibt es keinen Zweifel.

Frankreich

Wahrscheinlich und mehr als gleichmäßig, ungleichmäßig und nicht unwahrscheinlich, das schon sehr und sowieso mehr, dies ist die übriggebliebene Methode. Es ist nichts übriggeblieben denn wenn es übrig wäre würde es übriggeblieben sein. Dies macht doch nicht Musik. Die Zeit das festzustellen ist im Lesen. Es gibt einen Anfang in einer Lektion im Lächeln.

Was oben ist ist nicht unten und was unten ist verkehrt sich nicht und was versagt wird ist nicht ein Abschnitt und was zum Schweigen gebracht wird spricht nicht mehr. Dies macht die Plumpen nicht murmeln, dies macht einen Penny nicht kleiner, dies macht doch keine Religion.

Die ganze Zeit die es da ein Melodram gibt gibt es dort Monopol und die ganze Zeit die es das umso mehr gibt gibt es da keine Entschuldigung.

Ein Glück in Atemzügen ist mehr zu versagen als Musik, viel mehr. Die einzige lange Saite ist jene die nicht verdreht ist. Ganz gleichwohl gibt es da keine Entschuldigung.

Eine Sicht ist nicht ein Schatten und ein ganzes Steigen in einem Schrei ist nicht durchdringender als Gefahr in eine Affäre verwickelt zu werden da wo es Zeugen gibt. Wenn Schreiben in kleinen Stücken ist und an kleinen Orten und eine kleine Tür offen ist, sind viele Türen nicht offen und Schreiben ist nicht erschlichen, es ist nicht einmal verpflichtend.
Um den Unterschied zu zeigen zwischen Gelegenheit und Verdienst und einem Knopf ist es notwendig zu erkennen daß eine Ehre nicht erzwungen ist so daß es da keine Frage des Geschmacks gibt. Eine einzige Statue einzutauschen gegen einen Mantel aus Seide und einen Mantel aus Wolle ist nicht notwendig da es Applikationen gibt. Ein düsterer Tag ist einer an dem es kein Bitten gibt.
In Hast gemacht, nicht in Hast gemacht, in Dunkelheit gemacht, nicht in Dunkelheit gemacht, an einem Ort gemacht, an einem Ort gemacht. Das Ganze ausgestreckt ist nicht Teil des ganzen Blocks, das Ganze ausgestreckt ist so angeordnet daß es dort kein Stolpern gibt sondern was genauso bemerkenswert ist, Schubsen. Ein einfacher Ausdruck von gewillt zu sein, von auf Jagd zu sein, von so dumm zu sein daß es da keine Frage des Nichtverkaufens gibt, all diese Dinge verursachen mehr Diskussion als eine Resolution und dies ist so erstaunlich wenn es nichts zu tun gibt und es ein exzellenter Grund für einen Austausch ist, und doch ergibt die Praxis dessen solch ein Beispiel daß jedweder Tag eine Jahreszeit ist.
Um sicher zu sein daß die Bäume Winter haben und die Pflanzen Sommer haben und die Häuser An-

strich, um dessen sicher zu sein braucht es einige Aufmerksamkeit. Die Zeit dies in den Weg zu stellen ist nicht was von einem Speisewagen erwartet wird. Die ganze Sache die das Ergebnis zeigt ist der kleine Weg den die Bälle und die Stücke die bei ihnen sind die keine Vögel sind da sie älter sind nicht die Entfernung bemessen zwischen einer Klappe und einem Kalender. Dies was eine Frage ist ist nicht verkehrt und die Frage die eine Frage ist ist am Mittag.
Ein besonderes Datum zu befragen ist nicht gedungen. Einem einzelnen Diener zu antworten ist nicht obligatorisch. Ängstlich zu sein ist nicht kurzsichtig. Ein Ausruf verbindet nicht mehr Gras als da ist mit noch irgendwelchen Bäumen als sie Äste haben. Die besondere Szenerie die die Schuldlosen sehen und die Einsamen einer Unterhaltung gleichen läßt ist nicht welche jener Erinnerung gleicht. Es gibt keine Notwendigkeit die Regelung des Verständnisses zu erweitern. Eine besondere Abwesenheit macht irgendeinen Ort nicht leer. Die Klammheit die mit einem Tuch bedeckt wird ist nicht mit Farbe vermischt. Und sie kommt. Da gibt es weder Erstaunen noch Weite.
Erziehung, Erziehung, Lehrjahre, und das ganze Treffen von Neffen und Zügen und der Austausch von Papieren und das Verbleiben wenn es keine Möglichkeit gibt dort hinzugehen, alles dies beanspruchte einen ganzen Satz. Es ist eine Schande daß es nicht solch einen einzigen Gebrauch dafür gibt, es ist eine Schande und keine Entrüstung ist da entrüsteter. Alles ist ein Erkennungszeichen des einfachen Heilmittels das angewandt wird wenn es keine Ablehnung

und keine Anwendung gibt. Alles was sich zeigt das nicht gebunden ist mit einer Schnur oder irgendeiner kleinen Schnur. Ganz gleichwohl gibt es da nicht viel an Heilmitteln.
Sorge über das Vorgehen desjenigen der wenn er das Licht aufgehen und die Sonne untergehen und die Sterne scheinen und das Wasser fließen sieht Sorge ist dieselbe Sorge wie jegliche Sorge.
In all denselben Weisen wie Stücke getrennt werden in allen diesen Weisen gibt es gestellte Sachen die keine Stücke sind. Sie sind keine Stücke und es gibt einen Grund, es liegt darin ein Grund weil sich in der ganzen Sache solche Auflösung zeigt daß alle es tun zu diesem Zweck und insgesamt kann da gar keine Frage sein daß es ihnen auch gelingt.
Eine Tabakgewohnheit ist eine die ein Blatt nicht erleuchtet und doch Sorglosigkeit ist so außergewöhnlich. Angenommen daß die Vereinbarung getroffen worden sei und daß man übereingekommen sei daß keine Trennung zwischen irgendeinem eines Wesens und einem anderen Wesens hergestellt werden könne, angenommen darin sei man übereingekommen und es gebe keine Unterhaltung, würde das irgendeinen erleuchten, wenn es so wäre warum ist das Ergebnis so mehrdeutig. Es ist nicht mehrdeutig weil die Autorität die das Waschen nicht autorisiert Seife zur Verfügung stellt. Das ändert tatsächlich gar nichts.
Es ist vernünftig dabeizusein es ist sehr vernünftig, es ist so vernünftig daß es da jede Art und Weise gibt eine Auswahl anzuhalten, und dann gibt es Auswahl,

es gibt eine Achtung vor der Entsagung, es gibt keine Störung in einer Enttäuschung. Die Frage ist gibt es mehr Drang als Befriedigung, gibt es mehr Verteilung als Erneuerung. Dies ist nicht eine Frage, es ist ein Entspannen. Und dann kommt die Zeit für mehr Lärm. Gibt es denn dort mehr Lärm. Es gibt dort dann Wiederherstellung. Heißt das die Rückkehr eines Preises der voller Fülle ist. Keiner weiß. Alles dies zeigt etwas es zeigt daß es Verdacht geben kann.
Es gibt keine Trennung in Majestät. Begriffe, Striche, Abschnitte, extra Packen, nichts zeigt jenes Vertrauen. Ganz gleichwohl gibt es doch Nachrichten. Die Zeit um fortzubleiben ist im Urlaub. Warum ist da kein Ort gewählt. Die Antwort ist einfach sie besteht im Erklären daß der Gebrauch alles dessen was gebraucht werden wird gegeben worden ist. Dies zeigt kein Gefühl.
Ein Vorhang ist nicht verrückt, er hat keine Art und Weise verrückt zu sein, er hat kaum eine Art und Weise eine Ähnlichkeit zu erzürnen, er hat keine Auferstehung. In der Tat besteht die Möglichkeit daß es wenn mehr Erstaunen zu sehen ist als irgend etwas das gestellt ist sehr wahrscheinlich ist daß das ganze System nicht so sehr entfremdet als verwüstet werden wird und doch angenommen sie meinen das nicht, angenommen sie sagen tatsächlich daß es ein Erfolg sein wird, angenommen sie sagen tatsächlich heißt denn das daß Reden Widersprechen ist, heißt es nicht.
Schlag vor daß die Passage mit Federn gefüllt ist, schlag vor daß dort alle zusammen sind, schlag vor

daß Kisten zu gebrauchen schwer ist, schlag vor daß es dort keine Feder gibt, schlag alle diese Dinge vor und was ist das Ergebnis das Ergebnis ist daß alles wieder weggepackt wird.

Alles Schweigen ist einem Poltern angemessen und alle Albernheit ist einer Prozession angemessen und alles Rezitieren ist dem Hammer gleich und alles Pflaster ist dem Sommer gleich. Ganz gleichwohl ist das am meisten Zurückhaltende der Grund dafür daß es dort eine Säule gibt und meistens ist was schockierend ist ein Hahn. Dies ist nicht so leicht gesagt. Es gibt keine Gelegenheit dort für ein rotes Ergebnis.

Lachen, zu lachen, ganz gleichwohl das Tüpfelchen ist beugbar. Was für ein Wandel gemessen an jedem Gestern.

Eine Periode einzigartiger Ergebnisse und kein Trübsinn solch eine Periode zeigt solch eine rapide Annäherung daß es keine Suche im Schweigen gibt und doch kein Laut, nicht ein Laut ist auf der Suche, kein Laut ist eine Gelegenheit.

Ein feiner Fächer und ein feiner Schrank und ein sehr feines Taschentuch und durchaus ein feiner Artikel und dies alles zusammen zeigt wo es reichlichen Tadel und reichliche Erwartung gegeben hat und reichlich, reichlicherweise Nachlassen der Spannung, und so ist es dieselbe Jahreszeit und dort ist jede Ecke.

Keine Möglichkeit zeigt die Schnelligkeit des Austauschs, keine Möglichkeit und dies was heißt eins ist dasselbe wie irgendwelche zwei Hälften und dies ist nicht empörend nicht ein bißchen empörend es ist einfach das Zeichen von Glanz.

Alles Versuchen und das Kauen und das Tuch alles dies zeigt kein Zeichen und kein Symbol das zeigt es nicht und das ist keine Schande.
Wenn Stehen eine Illusion ist ist es dann notwendig gedrängt zu werden um sich in jene Richtung zu beugen ist es notwendig und wenn es notwendig ist ist es höflich und wenn es höflich ist ist es dringend und wenn es nicht dringend ist ist es ein Impuls.
Keine Frage hat so viel Störung wie die grundlegende Vereinigung. Dies ist nicht so hervorragend wenn keine Bande im Fenster sind. Dies ist vollkommen verwandelt, einst waren da keine und jetzt sind da keine. Es gibt keine Tadel. Ein Privileg ist nicht peinvoll. Eine Wiederholung ist nicht künstlich.
Es ist nicht das Trennen dessen was kein Finger befriedigt, es ist nicht Verblassen. Was war es das nicht erwünscht war. Der Grund ist daß die Sektion dort ist und keine Reflexion macht Überfluß. Das einzige Knäuel ist wenn Überfluß da ist und da ist Überfluß wenn da Stoßen und Stapeln ist. Scheint dies denn zu schrein, das tut es nicht da ist noch nicht einmal Häufung und noch nicht Hinderung nicht Sonderung aller macht keine Sorge, es macht keine Pflanze ranker, es macht eine Pflanze schlanker, es macht sie so schlank daß jede Größe da ist. Alles Privileg und alle Praxis, aller Verdacht und Rang, alle die Balken und ein wenig Holz alles dies macht Silber, Papier ist erwählt und Gold ist billig, macht dies ein wenig Salz, das tut es nicht, es macht Kupfer.
Kleiner Rahmen wenn er billiger ist dann ist ein gro-

ßer von anderem Format. Da nützt es nicht zu streiten denn das Gedächtnis ist eine Erinnerung.
Nicht für eine Unterhaltung zu zahlen, überhaupt nichts für irgendeine Unterhaltung zu zahlen, Zahlung nicht fortzuwerfen, an Zahlung nicht vorbeizugehen, überhaupt nichts zu zahlen das ist nicht ein Opfer zu sein. Was ist Sieg, Sieg ist das was Befreiung und einen Gürtel und Dankbarkeit und Resignation und eine erlesene Dekoration und mehr Geschmack meidend ein seltsames Widerstreben zeigt eine maritime Verbindung zu haben. Dies ist Sieg.
Eine Konzession, was ist eine Konzession, was ist eine Konzession.
Ein zorniger Mantel, ein sehr zorniger Mantel glänzt.
Butter ist nicht gefroren, das heißt nicht daß es keine Tapferkeit und keinen Fehler gibt. Dies zeigt wohl eine Schlußfolgerung.
Unterschied ist keine Entschuldigung, Korn ist keine Entschuldigung, selbst der Überrest einer Birne ist keine Entschuldigung und gibt es doch Anmut, es gibt sie wenn es Großmut gibt. Es gibt so viel Obst. Dies ist artigerweise ein Fehler. Kein Mißverständnis ist unüberwindbar.
Sperr keinen Löwen ein, einen Löwen nicht einzusperren ist nicht schmutzig, es ist nicht einmal gnadenlos, es ist nicht übelriechend, es ist nicht Tugend.
Eine Giraffe zu umkreisen, was soll das heißen. Eine Mischung zu umkreisen, das heißt etwas.

Massiv, was ist massiv, ist massiver als alles, es ist nicht zweifelhaft denn es gibt keine Notwendigkeit.
Hochmut, es gibt Hochmut wenn es kein Band und keine Billardsäle und keine Notwendigkeit gibt vorm Nassen geschützt zu werden. Es gibt gewiß einige erlesene Hindernisse.
Die Gewißheit eines Wandels in den Teilen die sprechen, diese Ungewißheit zeigt sich nicht da sie keine Sprache gestaltet. Aller Bund ist in der Witwe und alle Bedrohung ist in dem Band.
Jede Art und Weise den Hut zu biegen ist die Art und Weise das Laster zu ermutigen. Tugend alle Tugend ist beschlossen und mancher und irgendein Hut, jeder Hut ist identisch. Ein Schatten ein weißer Schatten ist ein Berg.
Artigkeit was ist Artigkeit, Artigkeit ist die Notwendigkeit alle Satzteile zu bewahren wirklich zu bewahren und zu lehren, nicht Musik als vielmehr Garnieren und ein Kostüm, und aufrichtig am aufrichtigsten Gebiete zusammenschieben.
Bemerke einen Raum, beim Bemerken eines Raumes was ist da zu bemerken, als erstes ist der Raum zu bemerken und die Fenster und die Tür und der Tisch und die Stelle wo Einteilungen sind und der Mittelpunkt des Raumes und der Rest der Leute. Dies alles ist notwendig und dann ist da Finanz.
Schwer wo Schwere ist und kein Fehler reichlich, schwer wo die Brise ist und keine Dunkelheit reichlich, schwer da wo eine Stimme ist und ein Lärm und Absonderung einer Gesellschaft, schwer da wo ein Verkauf ist von Akzenten und Rosinen und mögli-

cherweise weitere Arten und Weisen nicht schwer zu sein. Gewiß ist da keine Gefahr und denke doch, denke oft, ist Köstlichkeit und Kragen schwer ist es das und was ist die Störung, ist da nicht mehr Eintragung.

Also ist da überhaupt nichts im Kommen. Es ist da gewiß kein einziger Raum nützlich und verlobt und vulgär und nicht hübsch. Es ist ein Zeichen darin nichts hinzustellen. Dies wandelt sich von Tag zu Tag jeden Tag. Gewiß kein Wandel ist ein Segen. Alle Suche ist in Verletzung und doch eine einzige Suche ist eine einzige Suche willens. Sie ist vorsichtig. Da ist Aufruhr.

Die Wahrscheinlichkeit des Tunkens und Zapfens und Verdauens und Trinkens und Beschmutzens nicht Beschmutzens Rauchens, die Wahrscheinlichkeit alles dessen macht eine solche Ordnung daß jede Diskussion simultan ist. Ein großer Zuwachs an Bier, jeder große Zuwachs ist hier, mancher große Zuwachs ist klar, kein großer Zuwachs ist teuer. Eine Lilie eine schiere Lilie Lilie ist akkurat und beschrieben und umgeben und so verwegen daß da Wagnis ist und Schreiben, da ist sogar Täfelung.

Dunkelheit, es gibt keine Dunkelheit im Äußersten und im Mischen und im Verursachen des Verbreitens der Religion. Es gibt keine Dunkelheit im Entwerfen.

Eine Gruppe eine einzelne Gruppe fortschreitend zeigt die Notwendigkeit der Distribution derselben Organisation wie sie da ist wenn sie da ist, angenommen daß sie da ist, wenn da Reorganisation ist.

Blume, Blume und Wasser und sogar mehr sogar ein Gramm Korn und eine einzige kleine Blase, sehr wahrscheinlich ist die Chance nicht vollkommen und das exquisite Arrangement hat Spitzen, sehr wahrscheinlich sind dort keine Flecken und wahrscheinlicher sind dort Rüschen. In allem diesem ist es nicht von Nutzen Medizin zu praktizieren. Chinin jedes Chinin ist nützlich und mehr da ist mehr, da kann mehr sein, da ist ein Apartment.

Ein Zeichen des Sparens besteht im Verbringen des späten Morgens am Morgen und im Drängen im gewiß nicht Drängen einer Berechnung. Ein Zeichen des Sparens ist so einfach wenn genügend herumgereicht wird, und gewiß keine Schmerzen beim Schichten werden mehr gezeigt als wenn alles in Tellern ist. Dies geschieht nicht in einem Asyl, es geschieht nicht einmal im Heu und in den Doppelformen die das Kochen schützen.

Eine Spitze eine winzige kleine Spitze die hockt und spuckt und ruhig Mut zeigt, dies dies ist so bald eine Erbitterung und ein Stück vom Blitz, es ist so gewöhnlich bloß jene Gelegenheit, es ist so artig entmutigend, es ist so hochmütig wenn es Geschiebe gibt. Es gibt Geschiebe, dies ist was es zur Wiederholung macht.

Ein Baum, was soll ein Klotz tun wenn er treibt, er soll gar nichts tun während er treibt aber gewiß wäre es am besten daß er sich dem anpassen sollte gewiß. Dies allein macht noch keine Erklärung.

Ein Grad von Badeorten und eine glänzende Welle alles dies macht noch keine Regelung und es macht das nicht regelmäßig, es hält Zwietracht aufrecht und eine Ordnung und es bestärkt sogar die Wahrscheinlichkeit der Jahreszeit und etwas Farbe. So durchgehalten ist ein Paragraph daß ein Satz kein Starren zeigt und etwas Lärm. Dies ist so einfach in der Größe die eine mittlere ist und mittelgroß ist Wachtposten. Da ist kein Kilometer. Das macht noch nicht ein Muster.

Halt den Ort der nicht offen ist, schließ den Ort der eine Tür hat, schließ den Ort der einen Keller hat, leide wo alle mehr leiden, streite, und schütze die verstehende Waise, und Schweigen das ist Schweigen ist nicht ausreichend es muß sogar Schlaf sein.

Rätsel ist mehr als ein Fleck und ein beschmutzter Kragen. Ein Pfund ist mehr als Hafermehl und eine neue Institution. Ein Schweigen ist nicht mehr als gelegentlich. Es achtet Verständnis und Salz und sogar ein Seil. Es achtet einen Zeitungsstand und auch sehr es achtet auch Wüste. Alles Eis kann zusammen absteigen.

War da Freiheit, war da Anketten, war da sogar eine Höhe aufsteigend von Höherem. Wenn ja was ist ein Mantel wert und von wem wurde er dann gemacht.

Eine Auskleidung jegliche Auskleidung ist eine Ausschmückung. Mehr Ausschmückung ist extra.

Eine Art von Anordnung, ein Anreiz zur Zahlung von einem Schilling, heißt das eine weitere Extravaganz und mehr Kerzen, nicht mehr Kerzen. Es zeigt sich nicht.

Eine berühmte einzelne Kerze hat eine Chance zu scheinen so daß Blenden hieß daß nichts mehr durch Blitzen verkehrt würde. Die sichere Lampe und die helle Lampe und die schmutzige Lampe und die lange Lampe waren nicht alle die Lampen die der Taufe beiwohnten. Warum ist die Taufe geduldig, Taufe ist geduldig erstens weil da kein grobes Tuch ist, zweitens weil wenn da nichts genommen wird genügend übrigbleibt jeden Grund anzugeben. Eine Praxis die mehr Aufmerksamkeit fesselte als der Rest dann jener war der einen zahmen Stopper rasierte und nicht einmal das beendete. Angenommen das Überqueren der Straße ist notwendig, angenommen es ist so, zeigt denn das mehr von einer solchen Gelegenheit. Das tut es und das tut es.

Eine Limette ist in Arbeit, eine Limone ist kühler, eine Zitrone ist größer, eine Johannisbeere ist röter, eine Erdbeere ist ärgerlicher, eine Banane ist gerader.

Ein kleines Ding ist ein kleines Ding, ein einzelner Punkt ist größer, ein größeres Ding ist ein größeres Ding, ein älteres Ding ist älter, ein älteres Ding ist ein älteres Ding, eine Station ist eine Station, eine Station ist eine Station und eine Station ist ein Ding und stationär nur darin daß es ein stationäres Ding ist.

Ein Blinder der blind ist und taub und Tauber der taub ist und blind und blind und taub und ein Mantel mit einem Cape und mehr Verwendung in allem als in jeglicher Gestalt dies alles gibt einen Grund die Verwendung von Maschinerie zu kritisieren und Papier und sogar eine Feder und sogar eine Briefmarke und sogar mehr Flaggen als jemals.

In der Nadel in der Wahl einer Nadel, im Nähen einer kleinen Feder und im Vermeiden eine Nadel zu verlassen, im Behalten der Feder und im Arrangieren

um die Nadel als Nadel zu rechnen und sie zu halten da wo sie wenn sie zu sehen ist zu finden ist und wenn sie gefunden ist sie zu sehen ist, eine Nadel nicht zu markieren und eine Nadel zu wählen dies alles ist ein Grund jene Art und Weise des Wartens zu verwenden.
Eine Standarte gesegnet ist eine Standarte die blau ist wenn sie blau ist und blau und weiß wenn sie blau und weiß ist. Angenommen es ist kein Geld da, angenommen es ist kein Kleid da und kein Rock, angenommen es ist kein Fenster da und kein Bett, angenommen es ist keine Verteilung mehr da und auch gar keine Gewalt mehr, angenommen es ist nicht einmal Arithmetik da und Intelligenz, angenommen es ist ein Licht da und ein rundes Loch, heißt das daß da kein Erfolg zu folgern ist. Das heißt es nicht. Ein kleines bißchen Auswahl macht eine Farbe regelmäßig. Ein kleines bißchen Schwarz macht Dinner notwendig.
Wenn eine Gestalt da ist eine richtige Gestalt hübscherweise, wenn sie da ist und es kein Wunder ist geschieht es die ganze Zeit, wenn nicht ist da die Gewißheit daß da eine Absprache ist. Diese interessanten Fragen stauen sich im Haus, sie stauen, sie stauen sich nicht überall. Sie stauen sich getrennt.
Alles was da ist an mehr Chancen ist in einem Buch, alles was da ist an noch mehr Chancen ist in einer Liste, alles was da ist an Chancen ist in einer Adresse, alles was da ist ist was der beste Platz ist nicht sitzen zu bleiben und vorzuschlagen daß kein Titel da ist das Aufstehen zu erleichtern.
Eine Exkursion, was ist eine Exkursion, eine Exkur-

sion ist ein Picknick wenn es sich wiederholt, es ist ein Picknick wenn da keine Abwesenheit ist, es ist ein Picknick und nicht unbedingt, es ist ein Picknick.
Schwarze Pferde, sehr schwarze Pferde sind nicht eigenartig, sehr große Pferde sind nicht eigenartig, sehr glorreiche Pferde sind nicht eigenartig, Pferde sind regelmäßig eigenartig und mit einer wachen Ähnlichkeit bis zur besten Beschreibung und Bedauern. Die Artigkeit dessen wird erwähnt und sehr oft durchaus oft ist derselbe Tadel empörend.
Nicht erlaubt, nicht nur erlaubt zu essen, zu schmerzen, zu ähneln, zu projizieren, eine Bewegung zu machen, Predigen zu studieren, auf jegliches zu stoßen, hörbar zu strecken.
Nicht erlaubt ein Preis oder eine Couch oder sogar was nicht notwendig ist ein Suchen, nicht erlaubt viel früher, nicht erlaubt viel völliger, nicht erlaubt eine Apotheke.
Es ist ein Brauch, es ist ein Brauch wenn es nicht unangebracht ist, wenn es nicht unangebracht ist, wenn es nicht ist. Es ist ein Brauch. Es ist ein Brauch wenn es angebrachter ist, wenn es ist, wenn es ein Winkel ist, ist es nicht ein Brauch, es ist ein Brauch insgesamt.
Zu Kreuze und über Kreuz, in jener Schau und breit ist da die sinnliche Feststellung daß da Nachtregel und eine Winterregel ist und sogar die Kammer ist leer und Uhren warum sind Uhren erleuchtet.
Was für ein Tag um zu zahlen um zu bleiben, was für ein Tag. Wenn die Arbeit zu bald getan ist und da ein

Kreuzen von Händen ist und sogar von Köpfen völlig wenn das da ist und wenn der Rest so wach ist, ist da irgendein Ausgeschlafener schlafend, ist da nicht allmählich, da ist eine größere Chance als sie in einer kolorierten Kollektion sein würde. Da ist gewiß eine größere Chance.
Was ist die Resolution zwischen einem Kotelett und einer Zutat. Es wird erwähnt und in Papier gemacht und treibend.
Was ist das Beispiel eines Bergmanns. Ein einziges Beispiel ist in der besten der Tassen und auch in dem Rest der Orte und auch in der Schau die dort ist.
Nach einer gemischten Wolke ist da noch irgendein Zweck in einem Schmücken, doch ist es, doch ist es. Es ist ein Schmücken dahinter in. Kein Zweck darin. Da ist die Truhe.
Ruhe, eine Ruhe, jene Ruhe, entlang der Ruhe. Dies was in der Elle ist ist so viel sind so. Wann und wann und wann ist da. Wenn die Schiene die Passage ist nach. Durch und so und sehr ordentlich.
Beginnen zu verschlingen und jähe Mädchen was wird auf einer Straße geflickt, was ist ein Trott auf Finnisch. Was ist es auf einem Markt.
Eine beträchtliche Verpflichtung, eine beträchtliche Verpflichtung.
Entschuldige den Punkt der eine Trennung macht zwischen rechts und ließ links das was in der Mitte ist dazwischen. Überrasche eine Verpflichtung, überrasche sie so daß eine Übereinstimmung die ganze Zeit da ist.

Dies ist ein Weg, dies ist eine Forelle, dies ist die Abfolge.
Im fahlen Weg zu lungern und nicht zu zeigen daß Flecken grüner sind dies zu tun heißt daß alle Referenzen das sind was sie sind.
Ein Pedal ein Pedal ist das was wenn überprüft gemacht ist und dies ist kein Fehler an Regelmäßigkeit es ist eine glorreiche Sache.
Eindecken und Decken, Decken mit Innendecken.
Einen Löwen bedecken mit derselben Gestalt wie der Bär und doch was ist das beste Maß für einen Tiger, was ist das Maß stetig.
Ein halb heiles Weib und ein ganz heiles Weib und ein halb heiles Weib und ein halb heiles Weib.
Eine Wette und Zucker und eine Wette und darinnen, eine Wette und darinnen und eine Wette innen darinnen.
Schneide eine Scheibe um eine Birne zu zeigen, schneide eine Scheibe um eine Reihe zu zeigen, schneide eine Scheibe und es kommt zu Besuchen.
Ein Engel ist im Wandel.
Angenommen daß es zu Kosten kommt, angenommen daß da ein Bettler ist, angenommen daß da ein Pulver ist und ein Pulver angenommen da ist eine richtige Goldmine.
Ein lockiges Fatum und ein Alltagsfaktum und ein Trübsinn zu früh, und ein paar notwendige Taschen.
Erkläre, erkläre warum da ein Schellfisch ist und eine Auster.
Ein angenehmer kleiner Fleck Gold zu haben. Der

selbe Fleck wird für Silber genutzt. Das Gold ist die beste Art und Weise es zu behalten. Das Silber ist die beste Art und Weise Silber zu behalten.
Eine Wolke aus Weiß und ein Chorus aus allen hellen Vögeln und eine süße eine sehr süße Kirsche und eine dicke Miss, ein dicker und ein dunkler und ein sauberer Beamter, eine ganze Abfolge von Kaminmänteln.
Verbirg eine Nase und steig, berate einen Namen und schauder, glauben einem Glas und beziehe, kühl ein Pfund und tu das hinein.
Mittwoch ist ein Tag und ein geschlossenes Bitten ist vernünftig, vernünftig, ist vernünftig, vernünftig ist vernünftig.
Kolben und Kleider, beachte den nassen Sack, Kohlen hack, hack ein Kaugummistück.

Amerikaner

Essen und Papier.
Ein Lachen in einer Schlaufe ist kein Dinner. Da ist so viel zu beten.
Ein karger Preis ist eine Kartoffel. Eine Schlankheit ist der Länge nach und sogar der Strenge nach.
Eine fähige Extravaganz das ist das was keine Vorsorge zeigt ist das was wenn Notwendigkeit mild ist eine gewisse Verteilung von Zorn zeigt. Dies ist kein Zeichen von Sünde.
Fünf, fünf sind wundervoller als eine Million. Fünf Millionen, fünf Millionen, fünf Millionen, fünf sind wundervoller als zwei zusammen. Zwei zusammen, zwei zusammen.
Ein Lied, wenn ein trauriges Lied im Einklang ist und gesungen wird, ist ein trauriges Lied im Gesang. Ein Zeichen von Gesang.
Eine Kluft was ist eine Kluft wenn überhaupt keine Bedeutung ist in einer Scheibe mit einem Loch darin.
Was ist der Austausch zwischen dem Ganzen und keinen weiteren Zeugen.

Preß Saft aus einem Knopf, preß ihn sorglos, preß ihn mit Sorgfalt, preß ihn in einem Sturm. Ein Sturm ist so wartend und schrecklich darüberhinaus um so schlimmer weil er da ist wo ein Sturm ist daß der Zweck der ganze Zweck weiterer Realisierung einer engen Brücke entspringt und Wasserkränen. Das ist kein klarer Beweis für Unheil. Es geht doch dabei darum daß ein seltsamer Strohhalm steckt in jedweder seltsamen Eiskrem.

Ein rechtlicher Bleistift ein wirklich rechtlicher Bleistift ist unglaublich, er festigt den ganzen starken Eisendrahtkalender.

Eine inhärente Untersuchung, heißt das nun Mord oder heißt das bloß ein Eisenbahngleis mit reichlich viel Schlacken.

Worte die nichts hemmen und außergewöhnlich große Leute aus sehr weiter Ferne herbeirufen sind jene die den gleichen Mittelpunkt haben wie jene die von ihnen häufig gebraucht werden.

Ballen, Ballen ist ein Ding das umgebend weitgehend Heu heißt, kein Heu hat irgend mehr Nahrung als es zu wiegen braucht auf die Art daher und das nicht mehr höchstwahrscheinlich.

Eine Seife, eine ganze Seife, jedes Stück einer ganzen Seife, mehr ganze Seife und nicht nebelhaft, dies alles ist kein Greuel und kein Segen. Ein kostbares Ding ist ein öliges Ding. Indem darin kein Zucker ist und Schweigen.

Ein Grund ist daß ein lockiges Haus ein gewöhnliches lockiges Haus genau das ist, es ist genau mehr als das, es ist so genau nicht mehr als mehr als das.

Kellner, wann ist ein Kellner passiv und ausgedrückt, das ist ein Kellner wenn keine Auswahl mehr da ist und wirklich keine Eimer mehr insgesamt. Dies ist was bleibt. Es bleibt. Es ist artig erzwungen, es ist erfreut, es ist gespannt, es ist sogar würdig wenn ein Material derartig ist. Das ist es.
Was ist ein Scharnier. Ein Scharnier ist eine Stelle. Was ist ein Scharnier notwendigerweise.
Wenn die Butterblume begrenzt ist und Radieschen da sind, wenn Radieschen rein sind und eine ganze Schule, eine wirkliche Schule greulich ist und entbrannter, wirklich entbrannter und geneigt, wenn die einzelne Befriedigung so vollkommen ist und die Perle so spröde ist wenn dies alles geändert ist dann ist kein Rasseln da ist da kaum irgendwelches Rasseln.
A und B und auch nichts von derselben Richtung ist die beste persönliche Teilung die zwischen jedwedem Lachen ist. Das Klima, das ganze Ding ist umgeben, es ist nicht gepreßt, es ist kein Gefäß, es ist nicht alles was an Verbindung da ist, es ist ein wirkliches gespanntes Notwendiges und es ist so selten kreisförmig, darum um so mehr als jedweder Artikel in dem Draht. Das Büschel ist eben dasselbe gewöhnlicherweise.
Angenommen eine Bewegung ist getrennt und da ist ein Stück Gerüst, angenommen das ist so und die Gegenwart ist geschmolzen heißt das daß jedwedes Salz bitter ist, würde es eine Untersuchung ändern plötzlich, wenn es das würde würde das heißen ein langer breiter und kein besonderer Wirbel. Würde

es das und falls es das täte würde da ein Wandel sein.
Eine Art Übung ist am schwersten und die beste Exzellenz ist süß.
Einen besten Hut finden mit einer herzigen Nadel im Mittsommer ist ein Grund blindlings zu sein. Ein Duft ist nicht in Erde.
Ein Wunder zum Kauen und zum Essen und zum Beachten und zum Stellen in das sehr winzige Glas das groß ist. Dies ist das wenn ein Mietshaus da ist. Alle Gewichte sind Schalen.
Kein Stoß in einem Schrank, kein Rock in einem Schrank, keine Lilie, keine Lilie nicht eine linde Lilie.
Ein Lösen und gelehrt, erwacht und erhöhend und eine Kehle und eine Kehle und eine kurze feste Farbe, eine kurze feste Farbe und ein Kragen und eine Farbe. Ein letzter Grad in der Kink in einem Handschuh der Rest.
Ein Brief zum Druck, ein Brief zum Druck ist nicht ruppig, er ist nicht gleitend, er ist kein Maß des zunehmenden Schwindelns von elastisch und Brechung.
Der Faden, der Faden, der Faden ist die Sprache von gestern, er ist die Lösung von heute, er ist kein Schmerz.
Was ist Schmerz, Schmerz ist das Klima so ändernd und das beste jemals daß er eine Zeit ist, er ist wirklich einzig eine Zeit, er ist so drehend. Er ist eben.
Eine warme Banane ist warm natürlich und dies macht eine Zutat in einer Mischung die Banane enthält.
Kühlend in der jagenden Leere, kühlend mehr als milder.

Halt das ha, das ist halt den Halt.
Pau Wort, ein Pau Wort ist organisch und abschnittweise eines alten Mannes Gesellschaft.
Gewinn, gewinn, ein kleines bißchen huhnig, naß, naß, eine lange letzte hohle Stockung Klemme, sammel, eine letzte Butter in einem Käse, eine dauernde Einkreisungshandlung.
Weiß grün, ein Weißgrün. Ein Aussehen wie das ist ein meistverbundenes Stück eines Beispiels dessen was es ist wo keine Erstickung ist, keine Erstickung in irgendeinem Zeichen.
Pinne in und Pinne in und klar Punkt und vor Punkt.
Frühstück, Frühstück ist die Einrichtung die Bettler forsch mähen, das zeigt die Gewohnheit der Fische, das pudert Schmerzen und Stolpern, und jedwedes nützliche Ding. Die Art es zu sagen ist es zu sagen.
Kein Zählen, kein Zählen in nicht Kusinen, kein Zählen zu dem Beispiel und die Zahl von dreißig und dreizehn und sechsunddreißig und dreizehn.
Ein blindes Humpeln das Sorge macht. Ein Ort keinen Fuß hineinzusetzen, ein Ort so genannt und in naher Farbe, ein Ort am besten und mehr Gestalt und wirklich ein Gedanke.
Kusine warum ist da keine Kusine, weil es ein Artikel ist vorbereitend zu sein.
War es grün erzählt, war es eine Pille, war es wach gejagt, wird es Kauf per, Erbsen sind Fisch, Hühner, kalte Latten, Nagel Büchsen, Nagel pack in ihren extra. Sieh paß per. Sieh paßt per. Sieh paßt per. Sie paßt ver. Sieh paßt ver. Sieh paßt ver.

Kein Ende in deinem, Schlag Rätsel fallieren, kein Tier in Papieren, kein Vogel.
Ei sehr Krem, Eis ihr Lehm, Eis ihr Ei sehr Eis Meer exzellent, exzellier davon ganz vorn exzellier geschickt.
Laub aus Naß perfekt spaltet Sezieren, Laub aus Naß schnurrt Füße Gestalt für Siegel Gewicht fürs Amtieren.
Laub aus Naß fürs Ohr Pol Schmerz verkauft ihren, Ohren fürs Suchen heizen Börse Wechsel zu mettieren, Wechsel ein versunkenes Laub zu sein ihren naß zu sehen, aber um zu warum in jenen so nicht Frieden. Knoten loten.
Bitte Klingel Zimmer bitte Klingel Zimmer festige einen Charakter festige einen Kummer in passenderen Knöpfen festige einen Kummer solch in, solch in. Festige einen Kummer in, in in ein in.
Ein liebliches Leben in der Mitte macht eine Mine im Fund ein lieblicher Teich in dem Wasser macht es bloß eine Stelle. Ein lieblicher Sitz in einem Tagklumpen läßt ein Gerüst einstürzen, ein liebliches Licht in einem Grasfeld läßt es bloß den frühen Tag sehen darin wenn ein Anblick da ist von bitte bitte bitte.
Fällig unentschieden, fällig zu verscheiden, fällig zeig desto nichts weniger mehr Weg weniger. Völlig, wieg je mehr völlig Weg weniger.
Laß uns ein Boot rufen, laß uns ein Boot rufen.
Erlaub kleiner Grazie zu sein. Erlaub kleiner Grazie zu seien, erleb kleine Grazie zum Seim.
Erlaub kleiner Grazie. Erlaub keiner.
Erlaub kleiner Grazie zu sein.

Nah roter Reserve erlaub Lavendel Acker Stock.
Ruf wir, ruf Pferd Kurve weniger.
Wenigstens Biene, wenigstens Bucht ändern, ändern die gesetzte Pfanne und ließen alles, übrig in, wieder-sicher im Artikel jedenfells.
Eine Kanonenkugel eine Zigarre und ein Abendkleid im Anzug, eine Kanonenkugel eine Zigarre und ein Abendanzugkoffer, eine Kanonenkugel eine Zigarre und ein Abendanzugkoffer, ein Kopf eine Hand ein wenig darüber, ein Zittern in meinen und Minen.
Soll Art blättern, Mohr üben. Gitter rühren.
Nick alt ein in Ort Zoll Stuhl, nick zu in Zeit in Kette, handel doch Sack Feile in für, schick Ballen doch zu und für, versetz die Pfanne alt in für gleiches und kau greif das alle Schläge für, nett noch Kirchen ruf, triff bei und Fuß schick für in, zuletzt wenn mit und durch das was wofür mit allen Rufzeichen machen, triff mit gleichen soll was Schnurren nicht von gekauft damit, nicht von gekauft damit in eigen sieh gewiß, in eigen so gleich exzellent, exzellent haarig, haarig, exzellent nicht exzellent nicht Knoten exzellent, exzellent Knoten.
B r, sagt Brut, Ein Loch, ein Loch ist ein wahr, ein wahr, ein wahr.
Kleines Papier und Puppen, kleines Papier und Ruder warum, kleines Papier und eine dünne Oper extra.
Kein Zweck zu altern Mutter, nicht ganz breit fähig neulich Mund Paket, kein Lindern fahrt ihr weiter, kein Lindern in Losen in den, kein Lindern fähiger, kein Lindern, kein Lindern Pastete Pfeffer Nächte,

kein Lindern arm kein Lindern oder, kein Lindern, oder kein Lindern.
Amerika am Erika, am Erika der Gang Führung n der Gang Führung n Kannen, Kannen seien vergessen und beinah beinah ist ein Nichter ein Nichter zu biß, ein Nichter zu biß.
Es war ein Pfirsich, es war ein langer Anzug, es war schweres scharfes Sengen.
Laß Knack sein laß Knack sein Essen, alle Ahnen alle Ahnen einen Herd. Wie biß.
Nüsse, wenn und falls die Blüte demnächst dran ist und wirklich wirklich wirklich, es ist ein Gespann, es ist eine Linke und alles es schnitt, es ist ein so wie das dazwischen und ein Meiden ein Meiden mit einem Gläubigen, einem Gläubigen an das Extra, extra nicht, extra eine Rückverwandlung dafür mehr. Nein Herr.
Nein es Herr.
Es war ein zahm in, es war ein zahm in und ein ein kleines Löchlein machte ein ganzes Kocheln Köcheln zum Wunsch.
Was ist es nicht zu sagen erreich Haus. Kohle Mühle. Kohle Mühle Welle. Es zu mieten Haus. Kohle Mühle zähle. Kohle im Mahl zähle.
Eine Pille Form mit einer runden Mitte.
Koloriere Cook koloriere ihn mit fertigen Bbs und reinem Schau Pfahl Glas und beinah gesehen werden jeden Tag mehr sieh was alles ein perliges kleines nicht zu, keine Schiene sieh sie.
Keine Neige keine Fäule.
Pfähle Pfähle sind Samen und nah am Wandel am

Wandel Lieblinge sind beim Schwimmen Schwimmen und eine Platte alles eine Platte ist Rohr Guß für die Grammatik Grammatik von See.
See in einem traurigen alten Kamin Ende und braucht braucht braucht braucht braucht braucht braucht, in dem Hammel und dem Fleisch ist ein Wandel zu Schwein Gang, mit einem Gang gemein rein und Butter zeigt es denn die Federbank und heißt es das Jetzige und nicht oder entzündet es den Zylinder. Es ist aus Wahl und gewählt, es ist aus Wahl und Knie und Knie und Knie und ganz gleich zwei bellen.
Zu irregulieren Gaumen zu irregulieren.
Amerika Schlüssel amerika Schlüssel.
Es ist zu Einnisten an der Nadel Hain Schnurre, alle stimmen zu dem Zählen achten aßen kahl. Karl ist besser.
Weste in Festung in Achtung.
Gezeigt das Land im Mitzustand.
Es tut mir leid es tut mir schrecklich leid, es tut mir so leid, es tut mir so leid.
Kein Braten soll es sehen zehen zweigen es.
Knabbernd biß, knabbernd biß, möge das Land in Ehr furcht vor.
Es ist nicht eine besondere Lampe Lichter welche absoluterweise so weit Größen ziehen und nahebei in dem Wandel damit nicht in dem Behuf.
Es war ein Sengen, es war ein Szenen in dem in, es war ein Sengen in.
Nimmer sink, nimmer sink Sinker, nimmer sink Sinker sank, sink sink Sinker sink.

Ein Schlacht Schaf.
Bei dem Weiß weiß weiß, bei dem Weiß weiß weiß weiß weiß weiß, bei dem Weiß weiß weiß weiß bei dem Weiß bei dem Weiß weiß weiß weiß.
Nahtlos in Nadeln.
In dem Zaun in dem zum Beispiel, in dem Zaun oder wie, halt zirp, halt zirp sie, halt dein Papier, hoff hüpf ein hau es.
Extra sukzessiv.
Kleine Takte vom langen Sonnabend Fliesen.
Kein Nacken Bein Ticken.
Schäl mehr solche Wache nächsten Sonn Amt.
Schäl Haufen Schwein selten.
Rollte oder rote Bank.
Ein Sohlt in einem Licht ist nicht Wanken. Da ist viel für Asche so.
In der Sekunde, in der Sekunde Sekunde Sekunde.
Gießen war wessen hat. Pfahl säg es ihrs.
Ein nett nicht Nackenkissen nachlässig.
Ein nett nicht nachlässig. Ein nett.
Ein nett nicht nachlässig.
Setz eine Sonne in Sonntag. Sonntag.

Italiener

Manche von ihnen waren wo manch andere von ihnen waren. Manche von ihnen waren wo keine anderen von ihnen waren. Einer von ihnen war wo nicht irgendein anderer von ihnen, von jener Art von ihnen, gewesen war, und es war eine Sache die für einen jeden wichtig war jenen gesehen zu haben, jenen gehört zu haben. Es wäre entmutigend gewesen mehr von ihnen zu sehen. Es war enttäuschend zu dem Ort zu gehen, wo viele von ihnen waren. Wenn dort viele von ihnen waren dann war dort mehr als einer. Wenn dort mehr als einer war dann waren dort viele von ihnen und wenn dort viele von ihnen waren konnte man einen jeden von ihnen kennen und wenn man einen jeden von ihnen kannte kannte man alle von ihnen. Und wenn man alle von ihnen kannte dann würde man wieder beginnen, man würde beginnen sie zu kennen. Man würde beginnen jene Art von ihnen zu kennen.

Es sind dort genug von ihnen und die meisten von ihnen sind wo die anderen von ihnen sind. Es sind dort genug von ihnen aber gewiß nicht zu viele von ihnen, gewiß nicht, zu viele von ihnen. Es sind dort viele von ihnen und die meisten von ihnen sind wo die anderen von ihnen sind. Sie haben eine Art und Weise zu tun was sie tun, sie haben eine Art und Weise nicht zu tun was sie nicht tun. Sie haben eine Art und Weise manche von sich fühlen zu lassen solche zu sein das zu tun was sie tun auf eine Art und Weise die eine Sache ist die das Verlangen danach befriedigt irgend jemanden irgend etwas tun zu lassen. Sie sind solche die manchen ein Gefühl ihnen ein Gefühl geben zu wissen daß sie nicht auf eine Art und Weise tun die befriedigend ist irgend etwas was sie tun. Sie sind solche die reden, sie sind solche die etwas tun, sie sind solche die warten schnell warten sehr schnell warten auf was auch immer geschehe und leichthin fortfahren zu warten, zu warten auf was auch immer geschehe, nicht wieder geschehe. Sie sind solche die reden und reden und sie sind solche die schnell reden und darauf warten daß etwas geschehe und sie sind solche die nicht so schnell sind, nicht schnell genug um nicht Langsame zu sein, durchaus Langsame. Sie sind solche sehr viele sehen sie. Es sind dort sehr viele von ihnen. Es sind dort durchaus genug von ihnen. Es sind dort nicht zu viele von ihnen. Gewiß sind sehr viele erfreut darüber daß sie vollkommen existieren, gewiß sind sehr viele vollkommen erfreut dadurch daß sie vollkommen existent sind.

Es sind dort nicht zu viele von ihnen. Sie haben etwas auf sich wachsen, einige von ihnen, ziemlich viele von ihnen, und gewiß würden sehr viele andere sich

nicht wünschen solche Dinge aus sich heraus wachsen zu lassen soll sagen auf sich wachsen zu lassen. Es macht sie, jene die solche Dinge haben, macht sie elegant und charmant, macht sie häßlich und abstoßend, macht sie sauber aussehend und geschmeidig und reich und dunkel, macht sie schmutzig aussehend und heftig und lästig.
Sie sind keine Seltsamen diese, sie sind sehr viele von ihnen, sie sind eine Art von ihnen, sie sind Natürliche für jedweden zu kennen, es sind dort viele Arten dieser Art von ihnen. Sie reden, reden oft und sie machen Dinge mit Teilen von sich während sie reden und sie klingen dann wie irgend etwas, sie klingen dann gewiß auf eine Art und Weise die eine Art und Weise ist die für sie natürlich ist so zu klingen, sie lassen Geräusche aus sich herauskommen auf eine natürliche Art und Weise für sie Geräusche herauskommen zu lassen. Es sind dort sehr viele von ihnen, überhaupt nicht zu viele von ihnen. Sehr viele hören sie, durchaus genug hören sie. Es sind dort nicht zu viele von ihnen überhaupt nicht zu viele von ihnen, sie reden, sie bewegen ihre Finger und ihre Arme und ihre Hände dann und sie lassen Geräusche aus sich herauskommen und manche hören sie, durchaus eine Anzahl hört sie und manche mögen sie, sehr viele mögen sie, sehr viele erzählen davon sie zu mögen, manche mögen sie nicht, manche erzählen davon sie nicht zu mögen.
Manche sind kleiner als andere, manche sind dunkler als andere, manche sind schroffer als andere, manche sind süßer als andere, manche sind sonderbarer als

andere, manche sind älter als andere, manche haben mehr Haar an sich als andere, manche sind sanfter als andere, manche sind schneller als andere, manche haben längere Nägel als andere, manche haben einen längeren Nagel als andere, manche blicken länger auf manche als andere, manche tragen mehr Dinge an sich als andere, manche tragen mehr Arten von Farben als andere, manche sind stärker als andere, manche sind geräuschvoller als andere, manche sind respektvoller als andere, manche sind kühner als andere, manche sind stiller als andere, manche sind nicht lieblicher als andere.

Es sind dort sehr viele von einer Art von ihnen und sie sind nicht alle gleich, gewiß nicht alle gleich. Sie sind auf eine Art und Weise gleich und doch nicht so sehr daß manche gar nicht wie manche sind die überhaupt nicht von jener Art und Weise von ihnen sind. Wenn dort sehr viele von ihnen zusammen sind sind sie einander gleicher, das sind sie und das scheinen sie zu sein und das ist natürlich. Das sind sie, das ist natürlich weil sie zusammen sind. Das scheinen sie zu sein, und das ist natürlich weil was in einem ist auf den anderen übertragen wird dadurch daß es in dem Gefühl des einen ist der den einen und dann den anderen anblickt.

Es sind dort ziemlich viele von jener Art von ihnen und es ist eine gute Sache, gewiß ist es nicht eine schlechte Sache. Gewiß hat nicht ein einziger wirklich etwas einzuwenden gegen ihr solche zu sein die existent sind. Sie sind solche die am Leben sind und dann fahren sie fort am Leben zu sein und manche sind

dann nicht am Leben, und sie mögen es am Leben zu sein und sie können es ertragen solche zu sein die nicht am Leben sind. Es ist nicht eine traurige Sache daß sie nicht am Leben sind jene die nicht am Leben sind. Es ist nicht eine traurige Sache daß sie am Leben sind jene die am Leben sind. Es ist eine sanfte Sache. Es ist eine genügend lebhafte Sache. Es ist eine genügend angenehme Sache. Es ist eine genügend wichtige Sache. Es sind dort sehr viele von ihnen die nicht länger mehr am Leben sind. Es ist eine akzeptierte Sache. Es ist eine stille Sache. Es ist eine angenehme Sache. Es ist eine gewisse Sache. Es ist eine Sache nicht erinnert, nicht vergessen. Es ist eine Sache die ist existent. Es ist eine Sache die ist andauernd. Es ist eine Sache die ist zufriedenstellend für jedweden. Es ist eine Sache die ist verstörend für manche. Es ist eine Sache die einem jedweden hätte geschehen können beim Erkennen von irgendeinem Ort wo manche von dieser Art von ihnen gelebt haben.
Es ist eine Art von ihnen sie sind existent sie sind solche sehr viele besuchen sie. Sehr viele haben sie schon immer besucht. Sehr viele fahren fort sie zu besuchen und das ist eine natürliche Sache.
Sie werden etwas tun und sie tun tatsächlich Dinge und sie werden sich erbieten etwas zu tun und sie werden dann nicht überrascht sein wenn es ihnen nicht gelingt. Sie werden etwas erwarten und sie sind überrascht wenn es ihnen nicht gelingt und manche von ihnen sind überrascht und sind dann schnell und manche von ihnen sind überrascht und sind dann langsam und sie sind überrascht und wirklich dann

überrascht zu sein ist nicht existent in ihnen, wirklich nicht, sie sind nicht überrascht daß es ihnen nicht gelungen ist. Gewiß sind manche von ihnen überrascht wenn es ihnen nicht gelingt aber gewiß sind sich alle von ihnen gleich darin nicht überrascht zu sein daß es ihnen nicht gelingt.
Es sind dort sehr viele von ihnen. Und sie sind sich gleich, alle von ihnen. Gewiß sind sie sich nicht gleich alle von ihnen. Gewiß nicht. Sie sind sich gewiß nicht gleich alle von ihnen. Sie sind sich gleich alle von ihnen. Sie erwarten etwas, sie tun manche Dinge, sie bieten manche Dinge an. Sie sind nicht überrascht daß es ihnen nicht gelingt.
Es ist nicht eine melancholische Sache einer von ihnen zu sein. Es ist nicht eine interessante Sache einer von ihnen zu sein. Es ist nicht eine aufregende Sache einer von ihnen zu sein, es ist nicht eine wichtige Sache alle von ihnen zu sein. Es ist eine genügend wichtige Sache alle von ihnen zu sein. Es ist eine angenehme Sache bei ihnen zu sein. Es ist nicht eine angenehme Sache irgend etwas von ihnen zu erwarten. Es ist nicht eine bestürzende Sache irgend etwas von ihnen zu erwarten. Es ist eine angenehme Sache von ihnen zu wissen. Es ist eine aufregende Sache zuerst von ihnen zu hören. Es ist eine entzückende Sache unter sie zu kommen obwohl es eine beängstigende Sache ist der erste Anblick von ihnen. Es ist eine sehr angenehme Sache zu leben wo sie leben. Es ist eine vollkommen angenehme Sache zu leben wo sie leben. Es ist eine lästige Sache auf irgendeinen von ihnen zu warten. Es ist eine lästige Sache darauf zu warten daß sie fortfah-

ren irgend etwas zu beenden. Es ist nicht eine erbitternde, nicht eine bestürzende Sache auf irgendeinen von ihnen zu warten.
Sie sind gewiß solche die etwas entscheiden. Sie sind gewiß solche die jedwedes erwarten. Sie sind gewiß solche die nicht verzweifeln darin solche zu sein am Leben zu sein. Sie sind gewiß solche die sich nicht gewiß sind daß sie jedwedes erwarten werden. Sie sind gewiß solche die etwas entscheiden. Sie sind nicht solche die entscheiden daß sie solche sein werden die etwas erwarten. Sie sind nicht solche die verzweifeln. Sie sind solche die etwas erwarten. Sie sind solche die etwas entscheiden. Sie sind solche die nicht entscheiden daß sie etwas erwarten werden. Sie sind solche die sich nicht gewiß sind daß sie etwas erwarten werden.
Es ist eine angenehme Sache unter ihnen am Leben zu sein. Sie sind nicht interessiert an dieser Sache. Sie sind überhaupt nicht interessiert an dieser Sache. Sie lächeln. Sie sind nicht interessiert an dieser Sache. Sie erwarten etwas. Sie sind interessiert an dieser Sache. Sie sind sich nicht gewiß daß sie etwas erwarten werden. Sie fühlen diese Sache. Sie entscheiden dann etwas.
Sie mögen es am Leben zu sein. Sie sind nicht interessiert an dieser Sache. Sie sind schnell existent zu sein. Sie sind interessiert an dieser Sache. Sie sind existent gewesen. Sie sind nicht interessiert an dieser Sache. Sie fahren fort am Leben zu sein. Sie sind nicht interessiert an dieser Sache. Sie entscheiden etwas. Sie sind nicht interessiert an jener Sache. Sie tun etwas, sie

machen sich auf dabei zu sein etwas zu tun. Sie sind interessiert an jener Sache. Sie machen sich auf dabei zu sein etwas anderes zu tun. Sie sind interessiert an jener Sache. Sie sind schneller als andere die langsamer sind. Sie sind nicht interessiert an jener Sache. Sie sind langsamer als andere die schneller sind. Sie sind nicht interessiert an jener Sache. Sie sind schneller als andere die langsamer sind. Das ist erstaunlich aber nicht für sie. Sie sind langsamer als andere die schneller sind. Das ist nicht erstaunlich und nicht für sie. Sie sind schneller und sie sind langsamer und gewiß ist dies in allen von ihnen und gewiß ist dies erstaunlich für manche die dazu kommen dies zu verstehen. Sie sind gewiß dabei etwas zu entscheiden. Sie sind nicht interessiert an dieser Sache. Sie sind interessiert an jedweder Sache. Sie sind sich nicht gewiß daß sie etwas erwarten werden. Sie sind dann dabei etwas zu entscheiden. Sie sind nicht interessiert an dieser Sache daran etwas zu entscheiden, daran etwas entschieden zu haben.
Es sind dort ziemlich viele von ihnen. Sie sind gewiß verschieden einer vom anderen von ihnen, durchaus verschieden einer von dem anderen von ihnen und dies ist eine durchaus lästige Sache und durchaus nicht eine interessante Sache für manche. Es sind dort durchaus genug von ihnen. Sie sind gewiß ein jeder von ihnen durchaus verschieden von den anderen von ihnen. Es sind dort manche von ihnen wie andere von ihnen. Dies ist eine angenehme Sache für manche. Es sind dort manche die wie andere von ihnen sind und manche von solchen von ihnen sind welche

die das vollkommen sind eine Art von einem sind welche eine Art von einem ist die eine ist die manchen ein Gefühl gibt ein Arrangierter zu sein das ist im Gesamten von ihnen eine Sache die nicht aufregend ist, nicht bestürzend, das ist eine Sache die eine Sache ist die wächst in einem gewissen Arrangement das eine genügend stabile, unaufregende, endgültige, schöne Sache ist, das ist eine Sache die etwas ist das ein jeder der jener eine ist auf manche Art und Weise kennt, das ist eine Sache die manche bewundern, das ist eine Sache die irgendeinen nicht intensiv interessiert, das ist eine Sache die ist eine schöne Sache indem sie eine schöne Art einer existenten Sache ist, das ist eine Sache die eine sehr gefällige Sache ist und man mag und man bemerkt jene Sache.
Es sind dort sehr viele die existent sind die solche sind die durchaus oft reden und sie klingen während sie schauen, während sie handeln, während sie sind. Sie klingen gewiß sehr angenehm wenn sie nicht schroff und erschreckend und unangenehm klingen. Sie klingen gewiß angenehm und das ist manchmal eine überraschende Sache und es ist manchmal eine überraschende Sache daß sie nicht immer angenehm klingen. Es ist durchaus eine ernste Sache zu entscheiden ob sie angenehm sind zu einem oder nicht angenehm zu einem. Es ist durchaus eine ernste Sache zu einer Entscheidung zu kommen. Wenn sie angenehm sind zu einem ist das eine wichtige Sache. Wenn sie nicht angenehm sind zu einem ist das eine wichtige Sache.
Wenn manche von ihnen verschieden wären, nicht so

sehr verschieden, würden sie nicht so gewillt sein darin fortzufahren am Leben zu sein. Wenn manche von ihnen verschieden wären und nicht so sehr verschieden würden sie sich gewiß sein etwas zu erwarten. Wenn manche von ihnen verschieden wären, durchaus ein wenig verschieden würden sie etwas gewinnen. Wenn manche von ihnen verschieden wären, nicht wirklich verschieden, würden sie sich durchaus gewiß sein nicht fortzufahren am Leben zu sein. Wenn manche von ihnen verschieden wären, nur ein wenig verschieden würden sie etwas tun was manch einen anderen dazu bringen würde etwas zu entscheiden.

Wenn manche von ihnen sich gewiß wären daß sie fortfahren würden am Leben zu sein, würden sie etwas entscheiden. Und wirklich sind sie sich gewiß, auf eine Art und Weise vollkommen gewiß, alle von ihnen, daß sie fortfahren zu leben, daß nicht ein einziger fortfährt zu leben. Sie sind sich alle von ihnen durchaus gewiß daß ein jeder der nicht dazu kommt ein Toter zu sein fortfährt am Leben zu sein. Sie sind sich alle von ihnen dieser Sache durchaus gewiß. Sie sagen alle von ihnen auf eine Art und Weise immer solch eine Sache. Sie sind sich alle von ihnen gewiß daß nicht ein einziger fortfährt am Leben zu sein. Sie sind alle von ihnen durchaus geduldig bei dieser Sache. Sie sind, sehr viele von ihnen, sehr lebhaft bei dieser Sache. Sie sind, sehr viele von ihnen durchaus schnell darin zu erinnern, durchaus schnell darin nicht in dieser Sache zu leben. Sie sind dann solche, alle von ihnen sind sich gewiß daß jedweder der nicht

dazu kommt ein Toter zu sein fortfährt am Leben zu sein. Sie sind sich alle von ihnen durchaus gewiß daß nicht ein einziger fortfährt am Leben zu sein. Sie sind alle von ihnen durchaus geduldig bei diesen Sachen. Sie sind alle von ihnen durchaus schnell und sie vergessen überhaupt nichts von diesen Sachen. Sie leben und sie sind durchaus schnell und sie erinnern und sie vergessen überhaupt nichts von diesen Sachen.
Wenn sie jung sind sind sie schneller als wenn sie alt sind. Wenn sie durchaus jung sind sind sie sehr viel schneller als wenn sie alt sind. Wenn sie jung sind sind sie schneller als wenn sie alt sind aber nicht wirklich schneller, sie sind nicht langsam wenn sie alt sind. Wenn sie sehr jung sind sind sie sehr viel schneller als wenn sie älter sind. Sie sind schneller wenn sie jung sind, wenn sie sehr jung sind, wenn sie alt sind als es jemals natürlich ist für sie, für jedweden sie sich zu denken. Und gewiß dies ist eine sehr natürliche Sache, eine sehr natürliche Sache. Sie sind schnell und gewiß haben sie sehr viel Zeit um darin schnell zu sein, und sie brauchen sehr viel Zeit für diese Sache. Und gewiß kann jedweder diese Sache wissen daß sie sehr viel Zeit brauchen, eine große Menge von Zeit. Sie haben gewiß sehr viel Zeit gebraucht und gewiß brauchen sie sehr viel Zeit, jedweder kann diese Sache wissen, jedweder von ihnen kann diese Sache wissen. Jeder weiß diese Sache, weiß sie brauchen sehr viel Zeit, daß sie alle von ihnen sehr viel Zeit aufbrauchen. Jeder ist sich natürlich dieser Sache gewiß, daß jedwede von ihnen, daß alle von ihnen sehr viel Zeit brauchen. Sie sind dann Schnelle, schneller wenn sie

sehr jung sind als wenn sie älter sind, ein wenig schneller wenn sie jung sind als wenn sie alt sind.
Es sind dort durchaus genug von ihnen. Sie sind verschieden genug ein jeder von ihnen von den anderen von ihnen. Sie sind verschieden genug ein jeder von ihnen von den anderen von ihnen und es ist leicht genug diese Sache zu wissen zu wissen daß jeder von ihnen verschieden genug ist von den anderen von ihnen. Es ist gewiß leicht genug diese Sache zu wissen zu wissen, daß jeder von ihnen verschieden genug ist von den anderen von ihnen. Auf eine Art und Weise ist es vollkommen leicht diese Sache zu wissen zu wissen daß jeder von ihnen verschieden genug ist von den anderen von ihnen. Sie können gewiß diese Sache zeigen, jedwede von ihnen können diese Sache zeigen daß sie verschieden genug sind von den anderen von ihnen.
Es sind dort genug von ihnen. Es sind dort nicht zu viele von ihnen. Es sind dort durchaus genug von ihnen. Jeder von ihnen ist durchaus verschieden von den anderen von ihnen. Sie zeigen ein jeder von ihnen zeigen sie diese Sache leicht genug, durchaus leicht zeigen sie diese Sache daß sie verschieden genug sind ein jeder von ihnen von den anderen von ihnen.
Auf eine Art und Weise zeigen sie vollkommen einfach diese Sache daß ein jeder von ihnen verschieden ist von den anderen von ihnen, von jedwedem von den anderen von ihnen. Sie können sehr einfach diese Sache zeigen und gewiß ist es dann eine Sache um angenehm zu sein für jedweden zu wissen daß ein

jeder von ihnen verschieden genug ist von jedwedem von den anderen von ihnen und einfach genug diese Sache zeigt.

Gewiß können jedwede diese Sache vollkommen zeigen, jedwede von ihnen, daß sie verschieden genug sind von jedweden anderen von ihnen und sie zeigen, jedwede von ihnen, zeigen vollkommen einfach diese Sache. So ist es denn eine angenehme Sache, diese Sache, und wieder und wieder und wieder ist es eine angenehme Sache, und gewiß zeigt ein jeder von ihnen solch eine Sache, zeigt sie sind verschieden genug von jedweden anderen von ihnen, zeigt einfach genug diese Sache. So ist es denn eine genügend einfache Sache, verschieden genug zu sein von jedweden anderen von ihnen, dies ist dann eine genügend einfache Sache. Auf eine Art und Weise ist es eine angenehme Sache, gewiß ist diese Sache eine angenehme Sache, es ist eine genügend einfache Sache, es ist eine genügend angenehme Sache. Diese Sache, vollkommen diese Sache, diese Sache eine vollkommen einfache Sache, eine vollkommen angenehme Sache ist eine existente Sache und gewiß kennt jeder es in allen diesen von ihnen kennt es derart um durchaus gewiß zu sein.

Verschieden genug sein von jedwedem anderen ist eine genügend einfache Sache in allen diesen von ihnen und gewiß sind sehr viele vollkommen zufrieden mit dieser Sache, mit diesen die sie vollkommen ausdrücken diese Sache, mit diesen die sie vollkommen ausgedrückt haben diese Sache. Manche wissen dann daß dies gewiß vollkommen angenehm ist, diese

Sache, dies verschieden genug sein von jedwedem anderen von ihnen, dies das einfach genug ist in allen von ihnen und gewiß ist sich dann ein jeder gewiß gewesen daß solch eine Sache vollkommen angenehm gewesen ist. Gewiß alle von ihnen und es sind dort gewiß genug von ihnen und nicht zu viele von ihnen und sehr viele von ihnen sind ein jeder verschieden genug von jedwedem anderen von ihnen und sind einfach genug solch eine Sache sind einfach genug verschieden genug und gewiß ist solch eine Sache angenehm und gewiß ist dies vollkommen genug existent um sie solche sein zu lassen die sind, vollkommen angenehm gewesen sein, und gewiß solch eine Sache vollkommen ausgedrückt haben, verschieden genug sein ein jeder von ihnen, einfach genug sein solch eine Sache, vollkommen genug ausgedrückt haben solch eine Sache, so einfach jene Sache sein verschieden genug ein jeder von ihnen, hat dann solche gemacht die gewiß vollkommen angenehm gewesen sind, die vollkommen eine Sache ausgedrückt haben die vollkommen angenehm ist. Gewiß ist es nicht eine komplizierte Sache, verschieden genug sein von jedweden anderen, einfach genug verschieden genug sein und gewiß drücken dann diese diese Sache aus, und gewiß ist dies von ihnen vollkommen ausgedrückt worden, und sie drücken diese Sache aus.
Manche brauchen daß nicht jedweder einer ist über den manche nicht rätseln und dann wieder und wieder finden sie daß sie alles wissen was derjenige jemals tut. Sehr viele brauchen diese Sache und diese dann sind solche die am Leben sind und diese dann die

solche sind die am Leben sind solche die manchmal singen und manchmal Geräusche machen dabei solche zu sein die gerade dann nicht rätseln und überhaupt nichts wissen über irgendeinen der irgend etwas tut. So sind dann alle von ihnen alle von jeden von ihnen die existent sind und solche sind welche solche sind solche die solche sind solche von dieser Art von ihnen. Dieser Art dann sind alle von ihnen denn alle von ihnen sind von dieser Art von ihnen.
Viele von ihnen, alle von ihnen sind solche die vollkommen nicht brauchen fortzufahren am Leben zu sein wenn sie solche sind die irgendeiner hört. Viele von ihnen, jedwede von ihnen brauchen fast überhaupt nicht fortzufahren am Leben zu sein falls irgendeiner zugehört hat. Und gewiß sehr viele hören zu, meistens alle von ihnen hören zu, jedwede von ihnen hören zu und so brauchen keine einzigen von ihnen fortzufahren am Leben zu sein.
Gewiß sind jedwede von ihnen, alle von ihnen verschieden von jedwedem anderen von ihnen. Gewiß brauchen alle von ihnen, jedweder von ihnen, falls irgendeiner ihnen zugehört hat, dann nicht solche zu sein die fortfahren am Leben zu sein. Sehr viele von ihnen, fast alle von ihnen hören zu. Sehr viele von ihnen, alle von ihnen haben wieder und wieder manche die sie hören, und so brauchen viele von ihnen, alle von ihnen nicht solche zu sein die fortfahren am Leben zu sein, sie brauchen dann überhaupt nicht diese Sache brauchen ein solcher zu sein fortzufahren am Leben zu sein.
Es sind dort sehr viele von ihnen, gewiß genug von

ihnen, gewiß nicht zu viele von ihnen. Sie brauchen gewiß nicht vollkommen fortzufahren am Leben zu sein. Gewiß brauchen sie diese Sache nicht falls irgendeiner ihnen zugehört hat und gewiß hören sie, alle von ihnen, zu und gewiß lassen dann alle von ihnen manche ihnen zuhören und so braucht dann nicht ein einziger von ihnen braucht jemals ein solcher zu sein fortzufahren am Leben zu sein.
Es sind dort gewiß sehr viele von ihnen. Jedwede von ihnen sind solche die manche zuhören lassen. Jedwede von ihnen sind solche die zuhören. Es sind dort sehr viele von ihnen. Sie sind, ein jeder von ihnen, verschieden von jedwedem anderen von ihnen und das ist eine sehr einfache Sache und alle von ihnen sind solche dann die manche zuhören lassen und alle von ihnen sind solche die es nicht brauchen solche zu sein fortzufahren am Leben zu sein falls manche solche gewesen sind die zuhören und gewiß sind dort solche gewesen die zuhören und gewiß brauchen nicht jedwede von ihnen wirklich solche zu sein fortzufahren am Leben zu sein.
Verschieden sein ein jeder von jedwedem anderen von ihnen und da dies eine vollkommen einfache Sache ist, ein jeder von ihnen ein solcher sein der nicht ein solcher zu sein braucht fortzufahren am Leben zu sein falls irgendeiner zugehört hat und alle von ihnen zuhören, und alle von ihnen am Leben sein ist etwas das gibt jedwedem von ihnen gibt allen von ihnen eine Art und Weise ein solcher zu sein der jedwedes tut was jedwede von ihnen tun so daß jedweder durchaus gewiß sein kann daß dies eine Sache ist

die existent ist und wieder und wieder kann ein jeder sehen und wieder und wieder kann ein jeder gewiß sein daß jene Sache eine Sache ist um vollkommen existent zu sein.
Eine Sache um vollkommen existent zu sein da gewiß nicht ein einziger Grund da ist daß es nicht eine Sache ist die vollkommen existent ist, eine Sache vollkommen existent sein da gewiß ein jeder wieder und wieder gewiß sein kann daß vollkommen existent sein eine Sache ist jene Sache gewiß ist, vollkommen existent sein da jedweder gewiß sein kann zufrieden zu sein daß jedwede solche Sache vollkommen existent ist, vollkommen existent sein da ein jeder existent ist und erwartet jedwedes existent zu sein zufrieden ist zu finden, das ist gewiß am Leben in allen von ihnen und in jedem was jedwede von ihnen tun und in jedweder Art und Weise in der jedwede von ihnen leben, und an all dem Ort an dem sie alle leben.
Es sind dann dort genug von ihnen die am Leben sind und mancherlei tun und mancherorts leben und sterben und die dort tot sind.
Gewiß können jedwede von ihnen vollkommen ausdrücken jedwedes zu fühlen so daß sie fast jedwedes tun. Gewiß jedwede von ihnen drücken vollkommen aus jedwedes stark genug zu fühlen um dann jedwedes zu tun. Gewiß alle von ihnen, gewiß jedwede von ihnen, gewiß vollkommen manche von ihnen drücken aus jedwedes zu fühlen, jedwedes stark genug zu fühlen um fast jedwedes zu tun, stark genug um vollkommen jedwedes zu tun.
Sie alle von ihnen und es ist dort durchaus eine An-

zahl von ihnen, durchaus ziemlich viele von ihnen, genug von ihnen drücken aus, können ausdrücken jedes zu fühlen, jedes genug zu fühlen um solche zu sein jedwedes zu tun, um solche zu sein fast jedes zu tun.

Alle von ihnen sind solche die vollkommen ausdrükken jedes zu fühlen. Alle von ihnen sind solche die ausdrücken jedwedes zu fühlen. Alle von ihnen sind solche die vollkommen ausdrücken jedes zu fühlen und alle von ihnen sind solche die vollkommen ausdrücken jedwedes zu fühlen.

Sie konnten jedwede Art von ihnen durchaus verschieden sein von jedweder anderen Art von ihnen. Sie konnten jedwede Art von ihnen durchaus sein wie jedwede andere Art von ihnen. Sie konnten jedwede Art von ihnen durchaus verschieden sein von jedweder anderen Art von ihnen. Jedweder konnte diese Sache wissen daß jedwede Art von ihnen vollkommen verschieden sein konnte von jedweder anderen Art von ihnen. Jedweder wußte diese Sache auch, daß jedwede Art von ihnen sein konnte wie jedwede andere Art von ihnen. Sie waren solche dann durchaus verschieden waren manche Arten von anderen Arten von ihnen. Sie waren solche dann die sehr verschieden waren darin diese Sache zu konzentrieren darin durchaus verschieden zu sein eine Art von ihnen von jedweder anderen Art von ihnen. Sie waren dann manche Arten von ihnen konzentrierten sich darauf jene Art von ihnen zu sein. Sie waren dann manche konzentrierten sich vollkommen darauf eine Art von ihnen zu sein. Manche konzentrierten sich vollkommen darauf verschiedene Arten von ihnen zu sein. Manche konzentrierten sich vollkommen darauf darin fortzufahren eine Art von ihnen gewesen zu sein. Manche von ihnen hatten sich konzentriert. Manche gingen daran sich zu konzentrieren. Jedwede von ihnen waren solcher gewesen konzentrierten sich darauf, alle Arten von ihnen, eine Art von ihnen zu sein. Jedwede von ihnen konnten konzentrierterweise auf diese Sache kommen daß alle von ihnen jedwede Art von ihnen sein konnten. Alle von ihnen konnten konzentrierterweise auf diese Sache kommen daß jedwede von ihnen eine Art von ihnen waren. Jedwede von ihnen konnten sich vollkommen auf jedwede von ihnen konzentrieren alle von ihnen zu sein.

Manche Arten von ihnen hatten sich konzentriert und andere Arten von ihnen hatten sich konzentriert darauf jene Art von ihnen zu sein. Sie waren, sie sind, alle von ihnen ihre Art von ihnen. Sie sind alle von ihnen verschiedene Arten von anderen Arten von ihnen. Sie sind, jedwede von ihnen, eine Art von ihnen.

Sie konnten, jedwede von ihnen, solche sein die etwas tun, solche sein die jedwedes tun und sie taten es als ob sie jene Sache täten und sie taten jene Sache. Sie tun alle von ihnen tun etwas und jedwede von ihnen tun jene Sache, tun vollkommen jene Sache als ob sie jene Sache vollkommen tun und sie tun vollkommen jene Sache. Das ist interessant daß sie solche sind die etwas tun, daß jedwede von ihnen solche sind die etwas tun.

Jedwede von ihnen sind solche tun etwas und jedwede von ihnen tun vollkommen jene Sache, sie tun, jedweder von ihnen tut, vollkommen jene Sache, als ob sie vollkommen jene Sache tun tun sie vollkommen jene Sache. Dies ist durchaus interessant.

Sie sind viele von ihnen vollkommen verschieden von jedwedem anderen von ihnen. Sie sind, jedwede von ihnen, vollkommen verschieden von jedwedem anderen von ihnen, und dies ist eine Sache die nicht ein einziger interessant findet. Es ist eine sehr einfache eine sehr leichte Sache daß dies in ihnen ist daß jedweder von ihnen vollkommen verschieden ist von jedwedem anderen von ihnen. Jedweder von ihnen kann leichthin vollkommen diese Sache sein kann leichthin vervollkommnen vollkommen verschieden zu sein von jedwedem anderen. Jedweder von ihnen kann leichthin jene Sache vervollkommnen vervollkommnen ein Verschiedener zu sein von jedwedem anderen.

Jedweder von ihnen kann leichthin jedwedes tun dabei solcher zu sein vollkommen verschieden zu sein von jedwedem anderen, jedweder von ihnen kann leichthin etwas tun.

Sie sind ein jeder ist solcher und sie sind, genug von ihnen, sie sind ein jeder von ihnen ist solcher und jedweder kann sehen durch Schauen kann sehen daß sie verschieden sind von jedwedem anderen von ihnen, daß es eine leichte Sache ist diese Sache daß sie ein jeder ein solcher verschieden sind von jedwedem anderen von ihnen.

Jedweder kann sehen daß dort verschiedene Größen

sind unter ihnen. Manche von ihnen sind größer, sind sehr groß und manche von ihnen sind kleiner, sind überaus klein. Jedweder kann dies an ihnen sehen, sie sind, alle von ihnen sind wo jedweder sie sehen kann. Nicht alle von ihnen sind immer wo jedweder sie sehen kann. Gewiß sind alle unter ihnen die Männer sind immer wo jedweder sie sehen kann, und sie, alle von ihnen, weilen wo sie lang genug sind so daß jedweder sie sehen kann sehr lange Zeit, und sie sind, alle von ihnen, dort sehr oft so daß jedweder sie sehen kann wieder und wieder. Sie sind, alle von ihnen, das heißt alle von ihnen die jedweder immer sehen kann, das heißt jedwede von ihnen die Männer sind, sie sind alle von ihnen solche die all ihr Leben damit verbringen solche zu sein dort zu sein wo jedweder sie sehen kann. Jedweder kann alle von ihnen sehen, alle von ihnen die jedweder sehen kann, jedweder kann alle von ihnen sehen eine lange Zeit und wieder und wieder und wieder.

Sie sind alle von ihnen solche daß jedweder gewiß sein kann sie sind solche die niemals etwas tun werden. Sie sind alle von ihnen solche die solche sind die nicht daran gehen etwas zu tun um jedweden gewiß zu machen daß ihnen wieder angst sein würde falls sie fortführen jene Sache zu tun. Sie sind alle von ihnen solche die nicht dazu kommen etwas zu tun um jedwedem angst zu machen ein solcher zu sein allein gelassen zu werden mit allen von ihnen, mit jedweden von ihnen. Sie sind alle von ihnen durchaus gewiß solch einer und jedwede von ihnen hätten solcher sein können nicht solch ein Verschiedener zu sein und gewiß

ist kein einziger von ihnen solcher ist ein Verschiedener.
Alle von ihnen sind solche die jedweder erinnern kann sind solche tun überhaupt nichts um irgendeinem wieder angst zu machen vor ihnen. Jedwede von ihnen sind solche sind solch einer, ein solcher den jedweder erinnern kann, sind solche vor denen nicht einem einzigen wieder angst sein wird. Jedwede von ihnen sind solche sind vollkommen interessant, vollkommen angenehm in dieser Sache. Jedwede von ihnen sind solche, alle von ihnen sind solche sind vollkommen interessant, vollkommen angenehm darin diese Sache zu sein.
Jedweder von ihnen der solcher ist kann vollkommen jener solcher sein und das heißt vollkommen solcher sein jedweder zu sein. Ein jeder von ihnen ist vollkommen jener solcher und jedweder von ihnen ist vollkommen jener solcher. Jedweder ist vollkommen jene Sache das heißt ist jener solcher, ist vollkommen dann jedweder, ist vollkommen interessant, ist vollkommen angenehm in dieser Sache, darin jener solcher zu sein darin ein solcher zu sein jedweder von ihnen zu sein.
Sie sind alle von ihnen dann ein solcher sind solche sind vollkommen angenehm, sind vollkommen interessant und dies ist für sie nicht vollkommen aufregend, es ist für sie anregend, es ist für andere nicht vollkommen anregend, es ist für andere durchaus befriedigend.
Es ist vollkommen befriedigend für jedweden daß manch einer solcher ist der vollkommen jedwedes

wieder tut. Es ist vollkommen befriedigend für einen jeden daß dort manche sind welche solche sind welche vollkommen jedes wieder tun. Diese dann sind solche sind solche tun jedwedes vollkommen tun jedwedes wieder und diese dann sind solche befriedigen jedweden. Diese sind nicht solche befriedigen einen jeden, manche wollen nicht daß diese solche sind jene sind welche solche sind die eine Sache vollkommen wieder tun. Jedweder findet es befriedigend daß dort solche sind die jedwedes vollkommen wieder tun. Manche wollen nicht daß diese, diese welche jedwedes vollkommen wieder tun, solche sind welche jedes vollkommen wieder tun. Diese sind solche die vollkommen jedwedes wieder tun. Diese sind solche die vollkommen tun jedwedes wieder tun.
Diese waren nicht immer dabei jene Sache vollkommen zu tun jede Sache wieder zu tun. Diese waren dann vollkommen befriedigend, diese waren dann solche taten nicht jedes vollkommen wieder. Diese waren dann mehr als vollkommen befriedigend, sie waren dann vollkommen diese Sache waren vollkommen solche waren gewiß darin fortzufahren solche zu sein vollkommen befriedigend zu sein, völlig vollkommen jedwedes befriedigend zu sein. Diese waren dann nicht solche vollkommen jedwedes wieder zu tun. Diese sind solche die vollkommen jedwedes wieder tun. Vollkommen jedwedes wieder tun ist etwas jedweden zu befriedigen. Diese sind solche die vollkommen jedwedes wieder tun. Dies ist befriedigend für einen jeden. Manche sind nicht befriedigt daß

diese jene Sache tun vollkommen jedwedes wieder tun.

Manche lernen indem sie jedwedes tun jene Sache zu tun. Manche tun indem sie jedwedes tun jene Sache. Manche fahren fort indem sie jedwedes tun jene Sache zu tun. Manche tun indem sie jedwedes tun wieder jene Sache. Manche beginnen indem sie jedwedes tun jene Sache zu tun. Diese die solche sind die jedwedes tun sind solche die jene Sache tun und sind solche dann die nicht lernen jene Sache zu tun, nicht beginnen jene Sache zu tun, nicht fortfahren jene Sache zu tun, nicht erinnern jene Sache zu tun, jene Sache nicht wieder tun, sie sind solche die vollkommen völlig jene Sache tun, sie tun diese Sache vollkommen völlig zu jedweder Zeit in der sie jedwedes tun das jene Sache ist, zu jedweder Zeit tun sie jedwede Sache. Diese dann sind solche die vollkommen völlig etwas tun, die vollkommen völlig immer vollkommen völlig etwas haben das von ihnen getan wird. Diese dann sind solche die solche sind die jedwedes haben das vollkommen völlig von ihnen getan wird, sind solche die immer etwas haben das vollkommen völlig von ihnen getan wird.

Manche glauben gewiß diese Sache nicht, glauben jedwede solche Sache nicht, manche haben gewiß niemals jedwede solche Sache geglaubt, manche welche vollkommen wissend gewesen sind welche das sind, glauben gewiß nicht daß alle von ihnen solche sind die vollkommen tun, solche sind die solche gewesen sind die vollkommen etwas tun, jedwedes tun, jedes tun. Manche glauben gewiß nicht jedwede solche Sache.

Manche sind solche gewesen die es vollkommen lieben daß dicsc cxistcnt sind, manche sind solche welche solche gewesen sind die fast vollkommen darin lebten solcher zu sein der vollkommen liebte daß diese solche sind die existent sind. Diese dann jene welche fast vollkommen darin lebten solche zu sein die es liebten da diese solche sind die existent sind kommen dann dazu solche zu sein die es nicht lieben daß diese solche sind die existent sind kommen dazu solche zu sein die nicht bedauern daß diese solche sind existent sind sondern sind solche die fast völlig verärgert sind durch solch eine Sache durch diese die solche sind existent sind und diese dann sind fast vollkommen am Leben in dieser Sache leben im völlig verärgert sein daß diese existent sind.
Manche wissen sehr wohl daß diese existent sind, manche wissen völlig daß diese existent gewesen sind. Manche von beiden dieser Arten von ihnen sind vollkommen am Leben in jener Sache, in diesen die existent sind, in diesen die existent gewesen sind. Sehr viele wissen daß diese existent gewesen sind. Sehr viele wissen daß diese existent sind.
Diese, diese da existent sind solche welche existent gewesen sind solche welche existent sind. Diese sind solche welche solche sein könnten die vollkommen am Leben sind in der Sache daß sie existent gewesen sind. Diese sind solche am Leben im existent gewesen sein, diese sind solche am Leben im existent sein. Diese sind solche vollkommen am Leben im existent gewesen sein und sie sind dann vollkommen am Leben im existent sein. Sie sind solche lieben vollkommen diese

Sache lieben vollkommen existent gewesen zu sein und sind vollkommen am Leben in jener Sache und sind vollkommen am Leben im existent sein und lieben vollkommen diese Sache. Diese sind solche die vollkommen aufregend sind in dieser Sache und vollkommen aufgeregt sind, Aufregung ist vollkommen in ihnen in ihrem solcher zu sein existent zu sein. Diese sind solche sind vollkommen existent im existent gewesen sein und sind vollkommen existent im existent sein. Diese dann können solche sein daß jedweder gewiß sein kann sie sind solche die vollkommen sind gewesen sind und sind und dies ist etwas das gewiß durchaus abscheulich sein kann für manche die jene Sache vollkommen nicht lieben, kann etwas sein vollkommen unerfreulich für manche die jene Sache vollkommen nicht lieben.

Diese sind solche lieben es am Leben zu sein. Diese sind solche lieben es durchaus am Leben zu sein. Diese sind solche brauchen es durchaus am Leben zu sein. Diese sind solche brauchen durchaus diese Sache brauchen durchaus am Leben zu sein. Diese sind solche lieben es am Leben zu sein. Sie sind solche fahren fort diese Sache zu tun fahren fort es zu lieben am Leben zu sein. Diese sind solche lieben es durchaus diese Sache immer wieder zu tun und wieder zu lieben am Leben zu sein. Sie brauchen diese Sache brauchen es am Leben zu sein. Sie lieben es durchaus am Leben zu sein. Sie lieben es am Leben zu sein.

Sie lieben diese Sache, lieben es am Leben zu sein und sie tun diese Sache sie sind dabei am Leben zu sein und sie sind dann nicht dabei irgend etwas zu tun um

die Sache zu lieben um es zu lieben am Leben zu sein.
Sie sind, alle von ihnen, dabei am Leben zu sein, sie sind dabei genug zu tun von dieser Sache so daß jedweder andere diese Sache tun wird so daß dort genug von ihnen sein werden durchaus genug von ihnen diese Sache zu tun, am Leben zu sein. Es sind dort immer genug von ihnen diese Sache zu tun, am Leben zu sein. Es sind dort immer genug von ihnen genug diese Sache zu tun so daß dort genug von ihnen sein werden diese Sache zu tun, zu tun am Leben zu sein. Sie lieben diese Sache lieben es am Leben zu sein so daß jedwede von ihnen solche sein können diese Sache zu sein solcher zu sein es zu lieben am Leben zu sein. Sie sind solche lieben es am Leben zu sein, sie sind solche die derartige solche sind, alle von ihnen sind derartige solche jedwede von ihnen sind derartige solche, jede von ihnen sind derartige solche, jedwede von ihnen tun jene Sache lieben es am Leben zu sein.
Jedweder ist ein derartiger solcher und ist herzlich jene Sache, ist vollkommen herzlich solcher am Leben, solcher liebt jene Sache. Diese sind solche sind herzlich jene Sache, durchaus herzlich, sind völlig herzlich jene Sache und gewiß ist jedwede andere Sache eine Sache die zu aufregend, zu ermüdend, zu zerstörend sein kann. Diese dann sind solche lieben es herzlich, lieben völlig herzlich am Leben zu sein und sind dabei am Leben zu sein und genug zu tun um zu erreichen daß dort genug von ihnen sind gewiß genug von ihnen am Leben zu sein.

Diese dann sind solche brauchen es fast solche zu sein am Leben zu sein. Sie sind gewiß solche tun vollkommen jedwedes, sie sind gewiß solche bringen jedwede Lehre jedweden die jedwede Lehre brauchen sie selbst zu sein verbringen durchaus genug Leben damit immer genug von ihnen sein werden herzlich zu lieben am Leben zu sein.

Ein süßer Schweif (Zigeuner)

Kurven.
Halt den Rock im Zaum. Halt Leitern zurück und eine Schöpfung und nahezu jähe extra kupferne Zeitalter mit Farben und eine reine Stimme schwindeln heiser. Halt jene Locke im Zaum mit einem guten Mann. Käse im Zaum. Käse im Zaum. Käse im Zaum.
Eine kühle Bremse, eine kühle Bremse nicht ein Erfolg nicht ein Widerhall ein Wider-Hall und eine kleine Pfanne mit Gebrüll oh ja so noch wechseln, berühmt, eine grüne eine grüne farbige Eiche, eine stattliche Abschweifung, ein wirklich stattlicher Stamm, eine Regelung Ruder zu wechseln, eine Regelung oder mehr Presse mehr präzise kalte Stücke, mehr noch in den Zähnen innerhalb der Zähne. Dies ist die Sonne in. Dies ist das Lamm der Laterne mit Kreide. Mit Kreide ein Schatten soll ein Niesen sein in einem Zahn in einem Zinn Zahn, ein gedrehtes Vergangenes, ein gedrehtes kleines Korsett, ein kleiner Ruck in einem rosa Blick und mit einer Nadel in, einer Nadel in.

Gewinn See, iß Spritzer grab Salz wechsel Bänke.
Gewinn See iß Spritzer grab Salz wechsel Bänke.

Kann in.

Komm ein bißchen Käse. Komm ein bißchen Käse und gleich gleich hohe Sonne mit einem kleinen Ding einzuspannen, nun einspannen und ein Baß ein heil sames Gurgeln, kleines Zinn, kleines Zinn einweichen, einweichen warum Sonntag, höchstes Maß.

Kein nettes Bersten, kein nettes Bersten säuerlich. Angenommen ein Butterglas ist rein und da ist ein Bug es angenommen daß nicht der sprühende Ozean und ein mittelgroßes Blähen in dem listigen kleinen Diener Taschentuch dazwischen ist.

Schnitte wenn Schnitte wenn zehn, leg dich auf dies, sonderndes Handgelenk pflegend, sondernd die Nadel.

Leg dich auf dies, zeig iß die Gaben zu Abend die kappen den Heftfaden knapp und Nacht Nachthemd und grabe nasse Habe. Rag hinab die durchgängige Enge. Es ist nicht Kuscheln und belästigen Wechsel. Es ist nicht belästigen prinzipiell notwendig behaupte nicht daß es, nicht daß im Leben geh Stück sammeln.

Farbige hohe Plakate mit klein kein Pech und dunkel weißes Dunkel mit Gummi glänzende ausgewählte Kolben mit schwarzem geriebenem Käse und Hemden und Nachthemden und fertig sehr fertig verkaufte Glasstummel. Der einfache richtige Ball mit einem kalten Glas und kein Sitz mehr als gestern zusammen zusammen mit Kalk, Kalk Wasser. Dies ist kein Anblick, kein Anblick jählings, kein Abendessen

mit einer Hitze die morgan macht, morgan muß so sein.
Falls es ist und mehr jener Ruf Leben mit zeig gepflegten Bart mit einem Riemen und keine Nadel wenn Schein sieh den Rock und ließ links und letzt mit allen es sollte dort sein warum zeigen könnte anhalten mit solch lies Mäuse ruf es warum jene alte See Katze mit einem scheinenden nicht Mund Loch wenn es ist ein weißer ruf mit dem Zoll von jener Sorte sehen könnte jenes Band West mit Laib der ist nicht das Kupfer dauernd mit einer hellen Rückzugslampe ruf Nachlässigkeit äußerst lindernd in den Windenden verbleib Einsturz dieses welches bis dort ein rief welches niemals sehen und hämmern bis welches Korb alles das Blick Schwung.
Schneid in einfachen Kuchen einfachen Kuchen, wiederlieb einen sanften Rock, siegle ihn, siegle ihn segnend und das heißt gütig nicht gütig jählings mit Löffeln und Geschmack aber gleichviel aktiv. Vernachlässige ein rosa Weiß vernachlässige es gegenüber Blühen auf einem dünnen Stück ständig geschlitzter Pappeln und wirklich die ganze Chance besteht im Verspotten von Kokosnüssen wirklichen Kokosnüssen mit Erdbeerweisen und kleinen Eiskuchen mit fütternden Federn und eigentümlichen Beziehungen von nichts was mehr gesegnet ist als Antworten. Antworten jäh und kein Schmalz überhaupt kein Schmalz um Hafen zu zeigen und Farben und bitte kleine Birnen will sagen sechs.
Es kann kein Segel zu Schlüssel Brei wechseln und stellen hat können wir sehen ruf wetten. Zeig laß ich

Kelch der fächerte am besten gleich so daß falls dann unselige Sohle ist mehr, nicht mehr, und nachdem gezeigt so papieren mit dem im Spann dauernd Fasan. Genug Fasan. Ruf Afrika, ruf afrikanische Dorschleber, einen Sack ladend mit Neuigkeiten und kleine Pfeifen ruhelos so daß mit in zwischen Chance weiße Kisten sind schlammig und zeigen eine kleine Tönung, alle davon.

Bitte Rock.

Weg lag gesteckt zu werden in den Rock und die Büste. Der richtige Halt ist ging Loch Stück käfighaft ihn. Er hatte seine Schwestern.

Wie Botschaft Kopulver und Schärpen Schärpen, wie Schärpen verscherbeln und so Schärpen, wie Ursachen verscherbeln und so Schärpen, und Ursache verscherbeln tötete Chirurg in sechs sichersten sechs welche, Schärpen verscherbeln.

Schäl Schärpen nicht was dann rief und in wenn die Kuppe nicht mandarinierende Kleider bürsten oftmals. Nicht dürfte davon es könnte jäh am besten gestellt. Am besten gestellter Keiler.

Rest sing eine gemeine alte Polly Kiste mit Booten und eine kleine Schere ganz schöne Schererei. Alle Sanften sind mit einer Kutte und mehr ist Kutsche mit Kommas. Ein kleines Arrangement ist hergestellt durch ein Seichtes und bißchen Salz Schweiß soll wachsen wachsen mit Eis und laß es Sitz Sitz mehr als Schatten die haben Butter.

Angenommen, angenommen ein Beben, ein Schinken, ein kleinerMund sagte mehr schnaufen und eine Religion eine Regierung einer Erbsenbranche das

macht ein Lastregister und besteht am besten. Artigkeit schwimmt notwendigerweise in einem Grund mit einem Rasierer der braucht Pulver Pulver das macht eine Spitze in der Mitte und notwendigerweise nicht bezeichne eine Art von mehr und mehr vergolden und zumeist blaue Pfeifen Pfeifen die gebunden sind gebunden mit alt Öl und Mostrich genau Mostrich das heißt daß gelb erzielt wird. Güte oh meine Kälte unter Fell, unter keiner geretteten Lektüre.
Fähig dort zu ballen brüllen fähig zu gellen und Sitz ein Zinn ein Zinn Peitsche mit einem Kragen. Die geringste Freiheit ist in den Augen die machen seltsam das geringer geseufzte Loch das ist genickt und läßt die Neigung zart. Die ganze Klasse ist übervoll. Es macht Mittel und Ei leicht und wirklich nicht so viel.
Fang weiße Farbe weiße nüchtern, ruf weiße verkaufte Säcke, kräusel weißen farbigen Harnisch kräusel ihn mit wilden weißen Safranhäuten, beschleunige geschnittene Kleider mit ruhigen ruhigen leuchtenden fähigen Maschinen von Rosa und Auswahl und Druck. Erdnüsse sind glänzend mit rezentem Stottern das macht Stopfen und Mast eine Mast Hacke, Glück.
Ein Winter sing, begebt euch zum Bleiben, sag Gebirg zu mir und Alabaster.

Neugierig na gut.

Rad ist nicht auf einem Esel und nimmer nimmer.
Ein kleines Stück Fliege das macht einen Leng eine Schulter ein Lindern zu Seiten.
Bitte Schieber gescheit zeig ein sprich aus, verlaß ver-

kaufte Gatts, es weniger Masern. Ein wenig dünn ein wenig dünn sagte sagte nicht welches. Ruhe statt. Appell, ein Pellen, lachen, heiter eilen, gut in Nacht, ruhe stahl. Ruhe stahl zu bestallen Kerze Elektrizität in Oberfläche. Der beste Anköpfer ist beinah späht. Komm herein zu Sonne mit heiliger Nadel und laß den Petticoat Tagen sagen, das letzte oh hoch dies das. So nicht.

Kleiner Baum, keck auf und schließ mit Schnüren das Kiefrige und kleine Gewichte kleine Gewichte was.

Kalt ein Paket muß einweichen schieres Land, laß ihm einen Ertrag so daß Nüsse Nüsse sind darunter wenn wenn Mütze Tüten sind beinah glaub mir es ist nett und ruhig ich danke dir.

Rupf howard in dem zusammengestoßenen Käse stell und nicht eng.

Klein im Toilettenwagen.

Greif neins wenn die benahmen Bande werden verengt zu kleinen Finanzen und große Garten Kammern mit besohlten mehr gesattelten Absätzen und Affen und Takte und kleine gelenkige Schattierung mit echtem altem Pulver und Kiste Weiten und übriggelassene Kleider und nahezu alle Höhen Hüte die so verweilt sind und reaktiv mit feucht es denn Blättern es zu verkaufen getrennt.

Nüchtern iß es, ein kleiner Weg zum Sitz. Die beiden Schnurrbarthaare.

Alles läute. So sei iß geschlagen. Keine Kiste die Linien sind der Dreh eines letzten versetzten Stückes Flanell.

Dies Gebälk in dem kaufte nicht ein Hügel denn Stock

wenn Stein in dem Punkt Weg schwarz was Schiefer Stück bei allem Stein Staub zufällig.
Dies wie er schloß, über. Ein Land paul mit einer Aue in und keine Glocke keine Glocke stell mit Theken und ein Schlag ein Schlag zu vergiften. Macht ein Gefängnis ein Fenster Netz zeigt es Platten und kleine Kutten und einen lieben Lärm.
Dies ist ein Cape. Ein richtiges Hoch ist eine Keule, der Rest ist netter Westen, der Rest in, sei da hinnen mit einem Fang ein Fang nicht. Nichte nichte nicht. Eine Weste eine Stimme weste. Sei fähig zur Rasur, rasier kleine Pillen in ständig, ständig drei, Kohle gescheckt. Dies ist summ mit ihm, glaube schlags glaube Schlag Seite es.
Ist es notwendig daß Aktualität temperiert ist und Nachlässigkeit gerollt ist. Ein kleines Stück. Die Schuld die eine Kappe aus einem Keller macht und in einer Gardine und dahinter dahinter ein Vorgarten ist das dann. Bitte Staub.
Es ist so dick und dünn und dünn, es ist dick. Es ist dick, dünn.
Ein Löffel, dick vorwärts und Streichhölzer, Streichhölzer tragen Säcke.
Schmor, schmor, denn.

Ich muß versuchen die Geschichte von Belmonte zu schreiben

Wenn Maddalena kommt werde ich schlafen gegangen sein. Du kannst deinen Feind viel schneller bewirten. Wenn eine Dienstbotin dein Freund ist gibt es nichts sie loszuwerden.
Belmonte ist Stierkämpfer. Ich habe ihn nicht gesehen. Er ist krank. Er hatte Bronchitis und nun ist er verwundet. Sie brachten ihn an einen besonders bereiteten Ort und sie sagen die Wunde ist ernst. Er wird sich erholen. Es heißt die Königin schlug den König. Nicht hier. In Griechenland. So sei es.
Dies wird die Geschichte von Cook sein. Oh ja das wird schon in Ordnung sein.
Die Geschichte von Belmonte ist daß wir wissen er ist am Bein verletzt. Ein Mexikaner soll seinen Platz einnehmen. Der Mann im Café Artistos nach viel Erfahrung findet ihn besser und sagt daß er zwar nicht gutaussehend doch bessere Technik hat.
Der Hund. Er dachte er wollte ihn sofort. Der Vorhang. Sie wollten ihn und sahen gern mit einem Te-

leskop. Erst kam er jenen Weg dann hatten dieselben Frauen Plätze. Sie können lesen.

Cook auch und er sagt und er ist artig zu allen. Er hat Franzosen zum Freund und spricht Mallorquinisch. Er versteht alles. Er ist so artig.

Fortwährend verfetten. Fortwährend verfetten sie. Sie ist so. Sie hat es gern. Sie sagt sie wurde schrecklich gebissen.

Auf diese Weise haben sie sich getroffen. Er war im Ausland und war gewöhnt an Englisch. Nicht daran zu sprechen sondern enttäuscht zu sein. Er war niemals enttäuscht. Er sprach es. Er rief es. Er sprach in leisem Ton. Er sagte es tut mir leid ich habe keine Fehler ich bin ohne Furcht aber ich habe kein Geld, ich habe keine Angst davor und ich bin nicht rücksichtslos. Ich bin sehr vorsichtig. Ich zahle immer zurück.

Das tut er. Er sagt nie ich sagte das. Ich sagte Mrs. Hardy hatte recht als sie sagte er hätte ehrliche Augen. Er hat Spaß am Schwimmen.

Wir sahen es. Sie konnte nicht gehen denn es war heiß. Derjenige der angekündigt war war ein Versager. Der andere derjenige den wir gesehen hatten hatte gelernt mancherlei sehr gründlich zu tun und er tat es all seine alte Kraft gebrauchend und den Erfolg davon tragend. Ein Mann von Talent und Fülle. Er hatte blaue Augen. Er wurde davongetragen. Von wem. Von vielen Männern. Sie waren wirklich dort. Der andere ist einer der einem nicht leid tut. Er ist zu alt für gestern und wir erinnern uns an ihn. Wir erinnern uns an ihn vor zwei Jahren um die gleiche

Zeit und er war nicht der stärkste Mann oder gar der gute. Ich verstehe nicht warum sie mit ihm reden.
Belmonte.
Wir haben ihn nicht gesehen.
Schließlich spricht er Französisch nicht sehr fließend und so wäre es vielleicht besser wenn nur du zum Dinner kämst. Natürlich weißt du das am besten.
Der Mond.
Der Mond geht jeden Abend weiter links auf beträchtlich weiter.
Ich erinnere mich was ich dabei empfand, wir fingen oben an und kamen langsam herunter und diesmal waren wir unten aber es war keine Lebendigkeit darin. Selbst wenn es irgend etwas Delikates gegeben hätte wäre es nicht vergnüglich gewesen. Das ist es was ich dabei empfand.
Hör nicht auf sie.
An Anlegestellen gehen sie ihre Ehemänner abholen. Sie warten bis er von Bord ist. Dann eilen sie.
Es ist eine süße Geschichte.
Komm nicht nach zehn herüber. Wenn du kommen willst komm allein das ist in Ordnung aber komm nicht mit Fanny nach zehn.
Ich liebe dich Fanny Fanny heißt du doch nicht wahr.
Auf diese Weise stören sie ihn.
Belmonte Belmonte.
Sie werden eine Gelegenheit haben des Nachts. Er nicht. Pferde. Sie werden es auf die Weise tun die wir nicht gesehen haben. Es ist nicht recht jene Kleider

zu tragen die ein Damenschneider gemacht hat der Lunch ißt. Nein.
Alle Männer sind dunkel und Frauen weiß.
Wir gingen aus und sahen sechs Soldaten und eine Frau.
Ein kleiner Junge Bartholomew geht zur Schule im heißen Wetter August und Juni. Auch Juli. Juli und August. Sein Vater ist stolz. Er sagt er ißt nicht zu viel. Er ißt nicht genug. Er lernt Englisch französisch spanisch und Arabisch. Arabisch ist für die Araber. Er lernt es so daß er es sprechen kann. Er ist nicht ein Sohn eines Bäckers. Er ist der Sohn eines Hoteliers. Ein kleines Hotel. Niemand schläft dort.
Fähig zum Studium. Er ist fähig zum Studium. Wir waren nicht sicher daß sie Französin war. Wir dachten sie sprach so. Wie willst du wissen wie man sagt wir machen uns nichts aus Limonade.
Wir haben noch nicht erwähnt daß es am einundzwanzigsten eine Gelegenheit geben wird Kämpfe zu sehen wenn sie durch elektrisches Licht beleuchtet sind. Wir werden bestimmt gehen in diesem Fall. Man sagt daß die Wirkung nicht interessant ist.
Dies ist nicht die Geschichte von Belmonte denn es sind dort so viele berittene Männer. Wir sagten wir bewunderten sie nicht, aber wir haben sie bewundert. Wir sagten dies unterrichteterweise. Heute waren wir erfreut unseren Diener zu sehen. Er sagte daß die Elektrizität am Sonntag nicht arbeitet.
Cook arbeitet.
Er sagte er fragte einen jeden nach Guano und sie sagten er arbeitete besser als Belmonte. Wenn ja so

sind sie beide aus der Schule von Gallito, in der Manier von Gallito der tut fortwährend was er tut ein wenig. Er ist zweifellos im Irrtum in dem was er gehört hatte. Er ist das oft. Er versteht nicht. Nichtsdestoweniger sind dort Pferde und elektrisches Licht. Wir werden sehen.
Heute sind wir zu Fuß gegangen. Wir gingen den Hügel hinauf und um ihn herum. Man sprach dann davon als etwas das nicht eine sehr lange Zeit gedauert hat. Wir waren voller Diskussion. Wir waren verängstigt jenen Abend. Nein waren wir nicht. Sicherlich sagten wir wir waren schlicht. Meine Lieben. Was ist denn.
Dies ist nicht so wie sein Gemälde. Rede über Mathilda.
Gram um Belmonte.
Er hat sich nicht den Fuß verletzt. Es war Cocherita von Bilbao der sich den Fuß verletzt hat. Er verletzte sich so schlimm daß er nicht gehen kann.
Heute abend ist es sehr anders.
Cocherita de Bilbao. Er ist nicht Amerikaner. Torquito ist einer. Er erinnert uns daran. Er ist sehr erfolgreich. Er ist intelligent und er ist stark und er hat blaue Augen aus der Ferne. Ich sah ihn sehr nah.
Pferde. Warum sind Pferde blind. Sie sind es auf einem Auge.
Was wird ein Eidechs kriegen wollen. Er will Polybe kriegen. Wer wird ihn trainieren, wer wird ihn waschen. Wer ist ihm zur Seite. Wo ist er. Wir wissen es nicht.

Cook ist so fest in dem Glauben an das Alter elterlicher Abstammung. Er sagt es die ganze Zeit er ist treu dem oder dreizehn oder vierzehn plus siebzehn. Ich meine es. Ich denke er ist älter. Wir hören nie etwas über Belmonte.
Als sie den anderen Tag ein Dinner gaben war Belmonte nicht dort.
Plan dies. Du hast vor zu dem Pferd zu gehen kniend auf einem Knie wirf dein Gewicht auf die Brüstung und erleichtere den Angriff erleichtere ihn dadurch daß du spitze Sterne in seine Schulter stößt erleichtere ihn dadurch daß du das Horn mit einem Streich triffst, daß du eilst. Dies war der Plan und er tat es wiederum. Er fuhr fort den Angriff zu sichern dadurch daß er nicht schnell war. Er war sehr schnell. Dies ist die Weise ihn zu verfolgen. Folge ihm nach und habe die Einsicht in die Ungewißheit. Nichts war ihm ungewiß. Er ist ein Lump. Wir können zornig sein. Wir waren enttäuscht Belmonte war nicht dort und wir hatten bezahlt als ob er es wäre.
Ich erinnere mich langer Stöße. Mr. Kitchener sagte daß er gehen sollte und er würde ihn treffen. Mr. Potter er sagte wenn Sie später gehen werde ich dort sein. Mr. Potter ist nicht gegangen oder er hätte ihn nicht getroffen. Mr. Kitchener ist nicht gegangen ebensowenig wie Mr. Potter. Belmonte hatte sich den Fuß verletzt. Er ist noch im Krankenhaus.
Sie waren hier um ihr Dinner zu essen. Sie aßen ihr Dinner und sie rieten uns Seetang zu holen. Sie sagten Seetang. Er sagte Seetang enthält Jod das sehr wichtig ist für die Medizin. Es ist sehr wichtig in der Medizin.

Belmonte verwendet es für seinen Fuß. Er verwendet es um es auf seinen Fuß zu tun. Belmonte verwendet es auf seinem verletzten Fuß. Es wird in großer Menge auf seinen Fuß getan. Sie verwenden es oft. Sie verwenden es auf seinem Fuß immer wenn er verletzt ist. Er ist verletzt worden.
Belmonte wurde verletzt. Sein Fuß wurde nicht verletzt. Es war gleich über seinem Fuß und dort wurde er ernsthaft verletzt.
Notwendigerweise das Geheimnis von Belmonte. Ich wünsche nicht zu weinen. Ich vergesse Krieg und Furcht und Mut und Tanzen. Ich vergesse Stehen und Weigern. Ich glaube Wahlen. Ich wähle Gallo. Er ist ein Hahn. Er bewegt sich schlicht.

Im Gras (von Spanien)

Okzident alles Spanien der Geschmack.
Mahlte achtsam und Putz und mit der Hitze ihr geschmücktes Weiß. Setz Silber, setz es neben. Dürft ich und leer es in Gold heiße Hauben.
Bewahr kühlen Verstand mit einem Affen am Band, Affen am Band. Kühlen Verstand nicht verlier in dem Maultier. Bewahr kühlen Verstand mit einem umzingelten band, ein Wurf, davor, dahinter wieder, in der Tat, viele.
Was im Schnitt mit irgendwelchem Geld und so, und so steht das Klima auf dem Spiel, alle Zirkular Quittungen sind Birnen und Linnen ist die Kabine zum Spannen, wahrscheinlich und mehr der Jahreszeit Gesäß und kleine Gräser mit einem Pfahl all die Gelegenheit ist der Kranz und viele Häuser sind gebacken. Viele haben das nämliche ein kämen und all das Licht ist viele naß all das ein Bersten in dem Mann und am besten zu verbergen ist bloß süß. Alles ist das und ein wenig Hast, ein wenig Flehen mit bewölktem Welpen alles ist Glück sacht die Locke zu sein die

sich legt und alle sich windenden Gründe. Alles davon Gurken.
Schale Schaum und stöhn stöhn Stein gezogener Mais und Blei weiß und so wie so Kultur ist Macht, Kultur ist Macht. Kultur.
Klimmend aus einem kleinen Meer, klimmend mitten im Baden, klimmend mit einer notwendigen Ruhe für Augen Gläser, klimmend daneben.
Klein wenig Grün ist nur zu sehn steht ihnen der Sinn behält er zu sein, Behälter warm, Kohle Pfeffer ist ein geh webe.
Komm vor Schuß komm vor Vetter, komm vor kalter Lachs perlig, komm vor, komm rein, niedlich, niedlich gesehn, singend, singend mit Musik, jäh das Laub Laib und Schildkröten, geschulte Schildkröten schulten Schildkröten schulen heiße und kalte und kleine Getränke.
Bunte Hütten, Kälte zum Getöse auf Feldern von genauso echten Vögeln wie stahl wann. Stahl wann, es ist eine Lüge. Es kommt schon zum Seehund, es kommt schon wie ist es. Sprache der Macht des Meeres saugend Pfeil Riemen und keine Roben darin, keine Roben im Fällen. Dies ist das Rohr das kurz ist und Gold mehr.
Kälte nicht Münze im Boden sei sauer und besonders und beschlossen und beschmutzt und ein wenig Vernunft. Komm dann die Kinken sortieren in wie umgeben ist ein Glied.
Nette Zahlen, nett so kühn zu sein und so bläßlich und so in der Sahne und fältelte, fältelte mit Kreide und Lichtern und hohen Bienen und kleinen Beinen

kopfüber und kleine die wenigsten kleinen Tassen, die wenigsten kleinen Tassen brüllen, brüllen elektrische Schatten, echte alte Lehrer mit einem privaten Kuchen aus Bohne und Zahlen jene Zahlen. Packen sie denn.
Spanischer Schnitt das heißt ein Quetschen und an Stelle von Wasser Öl und Wasser mehr. Mine in der Pinne und sieh Kuttel Kuttelfisch ruf daß es das ist daß es Sardine ist, daß es in Fellen ist und ganz egal es ist Papier dort in Pfählen Papier und Kratzer und beinahe Stellen.
Ahn ein Grün. Die Wolke ist zu halt, sammelte notwendige Pasten in jenem Schein alter Beule und viel Teil viel Teil in Faden und Land mit einem Pfeiler. Die Nähe einer Lektion zum Hemd und der Grund für eine fahle Traufe ist was ist die Revolution und Vergeltung und schlängelnde Illustration und ein adliger kleiner Igel. Ein langer Kleiner Beagle, eine lange kleine Schere einer Art die die Wahl hat all das macht eine Kollation.
Aller Winter ist gehorsam. All die kurzen Aufenthalte sind Verdauung. Alle Linien sind zylindrisch das heißt daß dort Führung ist.
Irgendein Braten ist nicht in Führung. Genügend fahle Wege sind gekratzt.
Verbring einen oben dort ganz hoch und nur Hunde, verbring ihn mit der Sonde. Und dies wann. Mehr Ruf. Rohr Sitz im Grund Wahl macht eine Melone darin. Eine Melone darin dann.
Eine kleine Rückkehr gebissen mit einem Kuchen gestellt weiß von Tinte und Größe und kleine Salons

gesund mit einem Rock. Ein scharfer Augenblick naß von gewohntem Schweißausbruch. Nicht nötig zu trocknen, nicht nötig zur Strömung ein Sand Papier mit weißen Säumen und langen Sänden. Keine Post mehr in Glanz und Form um an Blicke zu richten und kleine Landstätter in so Hut schieß, schließ Zehen, schließ Zehen mit einem los von daß kein, das nein, daß kein.

Ein Pfirsich an für sich Birne die bedeutet eine Birne in der Frühe und guckend und nah nah da, genau vorbei am hellen Saal wo keine Deckung ist keine Deckung vor was.

Angenommen es ist vorbei am Mund was eigenartig ist und nervös und links liegen gelassen und bestritten und dauerte dauerte mit einem Baum.

Weniger eine Kette als ein Verlust und Blätter perligen Papiers das heißt blau nicht ganz und die beste Wahl ist darüber hinaus.

Natürlich Liebes natürlich ein Zeitraum der reguliert wird durch einen vollkommenen Ballen eines Teppichs und mehr Boote bedeuten schon etwas. Es ist genug.

Ein stattlicher Balken ein stattlicher Balken ist durchaus wie das Stehen einer kleinen Spitze abgeschlossen und Nadeln alles nicht Nadeln. Rast und Lust und Pulver zu rufen und Farbe und Ball und süßes Wort schwarz.

Glaube, ich glaube du schlugst erneut mein kaltes Naß und der drohende Gläubiger schlug es zurück wähl es gefaßt.

Komm um warum, sitz in Öl spar die Sos, all die

gegangen singen in einer Nadel spar sitz es Kitz, Kitz all es.
Angenommen eine kleine Chance eine Tür zu halten würde die Tür geschlossen lassen würde das heißen daß die Sonne darin wär, würde es heißen Botschaften und ein Drachen, würde es heißen ein verkaufter Knochen und kleine Pasteten. Das notwendige Zittern macht ein Schnippeln. Dies ist nicht keiner.
Eine kleine Pfanne, das ist um es zu erfreuen, ein klein wenig was ein Punkt ist um zu zeigen jene Koinzidenz einem lebhaften Boot es sind dort nahezu Orte. Das ist niemand rührt. Alles am Ort spielt Garten. Kleiner Schirm. Nicht gesammelt und geräumig überhaupt nicht so alt. Und mehr Ort haben das beschau es. Das beste Beispiel ist Mostrich. Ein kleines Ding. Ein klein wenig nicht alt schloß.
Los daß darin was ist ein Ort umgeben von einem Zaun. Ein Zaun ist klein er ist aus Stein, aus Stein eine Mauer ist steil sie ist ein Tunnel, ein Tunnel ist nicht notwendig für eine Stadt. Eine Stadt wird gefeiert.
Laß Stapel stetig, zeig es dem Mond.
Nicht schnitt laut und neckend ich blute dich, nicht ganz Schatten und Nichte es lichtet. Dies ist maik wenn das Land schüttern ist und ließ Schale kurz ist meist zur Sache und nicht erhaben ist feucht zu rammend und laß es naß ist meist Glück Sache. Nest Biß ist weit zurück in der Klamm von lieben alten Gewichten mit notwendigen williams williams wilden williams mit Lamm geladen Zucken und Neuformen und Schüben von Liebe und meist nächsterweise.
Vernunft mit Mühen und ein Zeichen auf dem Kopf

stehend und verlassene Beulen nicht geknetet mit engen Brüchen und moses. Eine echte Feder mit einem nicht weniger gekochten Kollander und an Teil.

Dies ist der Sport.

Laß es um die rechten nasalen außer-ollofaktorisierenden See Lichter abzuschließen und beinah basier mehr soll sehen zu dem Ort von den besten.

Wir weit laden den hoben Hub die quetschen Ladung das nein Sire und lassen mehr Kirchen Jungfer als Rest so zu strähnen.

Mäh jagt in einem Löffel und einer Wanne, große Klamm, mäh Orte in einer Beule im Stück. Kein Gas best.

Guck es zu Erbsen, Laib lunger in beiden Gamaschen heißen ein Glas heißen in Pässen in Pässen ein Pieksen und ein Stuhl und kleine Schreie und eine Flasche.

Ein Schleier und ein Platz Anweiser und eine Erdnuß die macht Würfe so groß.

Knutsch nie knutsch nie eine Gallone denn dort ist ein Kasten. Ein Kasten hat Brüste. Führ weniger. Führ prosper ihr leer, dürftig Gold Wachs und viel viel Turm.

Bitte plazier was, plazier ein buntes Glas. Dies zeigt zwei drei acht drei neun. Dies ist kein Sonntag. Ein Sorgen Heim.

Wenn eine Wache heißt beschränkte Zahlen folge achtzig und neulich. Dies ist drei, zeig schein fünf, laß es schälen. All das. Sieben rauher Staat.

Keine Plage ist in einer verheirateten Witwe mit einer

Kollektion von lieben Leuten in einem Raum niedlich. Warum ist schwarz kühler, schwarz ist kühler weil gestreut ergibt es ein kleines Stück Kissen und eine kohlschwarze Spitze. Dies läßt sich so am besten zeigen.
Angenommen es ist ein Bündel Hafer und kein Fett, angenommen es ist ein Drill, angenommen sogar es ist ein gewinnendes Zentrum, dies heißt fünf und fünf und fünf.
Laß laß laß einen häuptlings gehen.
Der Grund warum ein Lachen danach gelacht wird ist daß ein Schuppen und ein Schal und kleine Zwiebeln und Schlüssel und danach Schlüssel schließlich ein Hund sind und ein Vorhang und ein klein bißchen weniger.
Bitte bitte bitte bitte bitte.
Je mehr je naß ist Wasser je mehr Lilien sind Röhren und rot sind Reis Reihen. Eine kleine Szene und eine große Staubmühle und eine Blüte eine Haarblüte und ein Schuhe und ein Schuhe Stiefel und Abfall all dies macht auf Zucht bitte sticheln und eine kleine Ähnlichkeit Geräusche.
Ein Gewinn wieder um Gewinn Pfunde. Ein Achat in kuschel Tiere, lieben Biskuits, eine Zeit.
Wieder um ein Laub von Kartoffeln und Schnitte, Schnitte mit, mit hin, in ihm, eine Länge.
Ein kleiner Bauch ein kleiner Bauch kalt, schnell raus das Zeug, Zeug gleich, gleiche Hemden und Ziegen und Aufstehn und gelegte Auto Fälle.
Alles eint Amt am, ein Tamtam ach er. Angenommen es geschah als, als ein kleiner Schatten ein Schwanz

war und eine Dose eine Dose sich sammelte. Sammelte dann.
Angenommen ein geheimes Dach hätte Reifen und könnte einen blauen Fleck mißachten angenommen es wär das Ende und drei Orte wären notwendig ein ähnlicher Blick würde bezaubernd sein bezaubernd, bezaubernd das Wetter.
Schreie Grieß, im Kommen, ein Bein, allein Bein, zwei äußern, mehr Kinder, nein Enge, lies ein bißchen.
Wenn ein Pferd und eine Fledermaus und ein Sammeln bluten regen und ein Kinn und ein Tuch und frühe Eselsohren kennen Zeichen und dann solch ein solch ein Überfallen und kleine Leben und ein vervielfachtes Purpur, alle Spule alle davon Tuch und hauts hauts ab und ein Stück von vernünftigem weißem Jackett und ein Haar ein langer Eimer und echt Knochen manche Bindung und ein wenig Jahreszeiten Seide.
Groß mummeln groß mummeln Muscheln, echter Kern, echte Eichen Platte.
Lara Lara Psyche, Lara Lara drei Brüder und eine Mutter, Schwester Schwester und ein neues Jahr ein neues Jahr nicht Weihnacht, Weihnacht ist von von auf und davon. Wirklich.
Drei Brüder und eine Mutter. Laß es passen zu einem Faden und es ist dort ein Ball ein Ball ein Hut, ein Hut ein besonderer Astrachan, eine Art Laib, ein echtes altes siebzehn Damespiel. Komm um drin zu sein, sieh den Tisch und den Blick und der kleine Tag morgen, es ist Donnerstag Freitag, Freitag, Frei-

tag in einem Tag bis Sonntag, Sonntag Sonntag, Montag Montag Mittwoch und siebzig versagen aus Sichten.
Ein Sohn was ist ein Sohn, ein Sohn ist im Wohnzimmer und in einem zentralen trage Ball. Ein Sohn ist nicht eine Schwester Diamant, es steht so vermerkt.
Flüstern, Flüstern. Flüstern nicht bärtige Nüstern, Nüstern, Nüstern und wirklich Haar. Haar. Haar ist wenn zwei darin sind und Gaumen zeigen.

Küß ein Drehn, schließ eng.

Angenommen eng geschlossen ist Kleidung, Kleidung ist eng geschlossen.
Sei los belaß dich sehn, befleck im Grat und mach Druck. Dies ist biß.
Übertriff einen Strich, ein Strich ist im Ende purpur blau, ja rat zeig Pakete und es es es.
Spanien ist ein zahmer Name mit einer Spur einer Spur so besonders zu beschämen, eine Spur eine kleine Freigabe in aus verkauften Formen ein klein wenig nächst zu verkaufbarer alter Sahne. Fähig zu vergehn.
Ein Land Dampf, ein kalter Kuchen, ein erhaltener Eier Scheck, ein Oleander.
Lohn ab Zug ein Korridor, Mahl vergeht.
Halsband, Fäden.
Halsband, Fäden, Schulter.
Neu gestellt der Tee, Tee seid halt.
Tee seid schaut.
Wenn das Verschmutzen den Kopf trägt, wenn das Backen das Pint mißt, wenn das Vergröbernde auf einem Strand lehnt dann Jalousien.

Nicht nötig zu sagen ein kleiner tauber Weg ist eine Ziege, eine Ziege hat eine Nadel in sich. Laß Gläser, Gläser sind so Kakteen.
Fähig fähig jemals sie zu grasen, steh auf Farn Fall, steh auf greif.
Nobel und nicht nobel und kein nächster Grat, ein Netz in und Biene ein Netz in und Biene als nächstes zu geh zeig dem Berg Mann. Als nächstes Bohne zu bannen, als nächstes Bohne zu bannen als nächstes Mischer zu sein, als nächstes zu zwischen, als nächstes zu zwischen in absehen auf Absicht er. In zarter Absicht.
Ein Lachen der Kater, Kohle heiß der. Eine Erinnerung an eine direkte Wiederveränderung mit keiner Büste keine Biester, keiner büßt hier.
Angenommen eine Glasur es eine Glasur vom Vorhang ein Holen in Töpfen eine Nachricht ein Lager er, Souper die nächste alte Fleisch Eiche und knie knie mit vortrefflichen vortrefflichen wenigsten Sänden und Hals halt. Das ist.
Wie nennst du sie wie nennst du sie sag Butter sag Butter und laß uns Laub Platzerl Art und eine besondere Wiederveränderung Spitze eine Wiederveränderung Spitze.
Demnächst alle demnächst alle, Tinten.
Es war ein seltsamer Name jener welcher als ein Protokoll von einer Luzine und unartig gebogen es bis dann machte daß dann beinah jeder vortreffliche Schatten von Nacht Gläsern ein genehmes und geregeltes Haar machte.
Eine nasse Silbe ist wir sind, eine nasse Silbe ist wir sind wir in.

Ein spanisches Wasser und ein Gehege Gestalt meine und Beine und Ried ridikül rot, und klein wenig lebhafter Ton, klein wenig lebhafter Ton und Kupfer, klein wenig lebhafter Ton und Kupfer hoch.

England

Leg ab mehr Zeit als die Hoffnung die sichert die Miete einer Sitte, die Süße ist nicht allein dort es ist die Vernunft übrig und Affen sind nicht fröhlich. Wenn du die Augen doch hast blau und das Haar die Farbe dann ist es leicht die Hände zu sehen.
Immerzu und des Tags, der Preis ist nicht getrieben und das Auswählen all der Kohle ist das.
Immerwährend ist Licht und Reinigung ist nicht Wiederholung. Wenn du die Chance siehst dann spring wieder und wenn nicht sei extrem, sei sicher daß die Schau jene Linie hat linientreu und sieh nicht, nie, das Patent die Masern verlassen.
So ist das Tuch in Ordnung und der Teppich ist englisch. Rosa und der Mond, jener süße Zucker ist braun.
Rohr saurer Spargel und versalz nicht mit Vernunft. Bestimmt ist die Vereinigung von Sauerstoff mit Straußen nicht die des geschulten Spürers. Es ist nicht ein Fenster das ein Gummiband hat es ist gepflanztes Guttapercha.

Der Wandel ist nicht schlichtes Suchen, die Hügel sind nicht verworfen und das Büschel hat nicht den Namen des unmittelbaren Beginns.
Mehr Aufmerksamkeit auf eine Brücke zu kleben ist nicht der Weg der eingeschlagen wird. Alles davon ist gepflanzt. Die Blüte tönt, der zarte Tau ist grün, die Gegenwart ist in der Zeit dazwischen, das Opfer ist das daß die Glocke die läutet einen Klöppel hat. Die Freude am Nutzen ist nicht so öde als daß dort nicht ein Austausch ist.
Einer sieht eine Sitte, einer sieht eine Dattel, einer sieht eine Kartoffel, einer sieht eine Raupe, einer sieht mehr Einzelheiten als Küssen, einer sieht die Schuld verteilt, einer sieht mehr als irgendwer.
Pulver und Nahrung, Vereinigung und Depesche, so daß dort keine fahle Farbe ist, so daß dort schwarz ist, so daß dort viel Vorbereitung zu einer Rückkehr zum Gleichen ist.
Wenn eine kleine Wiese und ein Baum jenen Nutzen haben und ein Morgen und der Westwind jenen Nutzen haben und der Abend und die Fortsetzung jenen Nutzen haben dann ist es nicht von Nutzen wenn der Singsang hebend endet.
Ja dort ist das gleiche. Dort ist alles davon was es sicher macht daß etwas ist was dort ist und nicht verlegt. Dies heißt um verschieden zu sein ist dort nicht irgendein Ort der der gleiche ist und wenn der ganze Ort dort ist dann ist es nicht beunruhigend es ist bestätigend. Dies ist so gerissen was bewiesen ist.
Das Zentrum eines Flecks ausschöpfen und keine Eindämmung haben ist nicht die einzige Art und Weise

zu flirten. So schnell, so allein ohne Löffel, so erhaben und so fremd und größer als jeder andere, es ist nicht erstaunlich daß manch einer älter ist.
Es ist dort nicht ein Same und eine Orange. Eine Orange ist rot und gelb. Ein Same hat nur einen kleinen Weg zu wachsen und es ist dort keine einzige Palme die größer wächst. Es ist das gleiche. Es ist erstaunlich, es ist das gleiche. Die süße Spanne der Vereinigung mit Eingebung und jeder Zorn ist so sicher daß dort kein Blühen ist. Es ist dort rotes Fühlen und die Farbe ist tiefer. Blau ist von manchem Nutzen. Es ist dort mehr Platz für Wetter.
Eine Taube ist ein Vogel und im Fluge es ist nicht die Erweiterung des Stücks die das Kochen langweiliger macht, überhaupt nicht, es schmeckt einfach nicht so.
Die Ursache und jedwede Wirkung dies macht den Geruch nicht stärker, dies macht nicht was Pastete ist.
Jedwedes Seufzen zu ändern, dann alles von jener Hoffnung zu setzen, das Tanzen zu zerstören und eine liebliche Drehung zu machen das ist nicht die Jahreszeit eines jeden Tages, das ist nicht die Jahreszeit des Montages, das ist nicht die Jahreszeit des Sonntages.
Ein genehmer Geschmack und reichlich Butter, ein genehmes Getränk und reichlich Wasser, Tee und mehr Obst als im Winter, Brot und mehr gegessen als jemals dies ist so traurig und ein jeder sieht daß es ist um heiter zu sein. Jedweder sieht heiteres Wetter, ein jeder ißt heitere Kartoffeln, sie sind groß und es ist

Wasser dort und es ist Butter dort, eine ganze Stadt ist nicht unterjocht es ist unbillig, es ist so früh die Pflanze zu sehen die nicht begraben ist und mehr weißen Schwanz zeigt als jemals. Ein kleines Ding ist niemals zart. Die Größe ist dort.
In dem Ächzen dort wo kein Lechzen ist, in dem Lärm dort wo keine Gegenwart ist, in der Palme dort wo die Reichweite des Samens ist und das Licht von mehr, in dem Raum dort wo alles dort ist der Raum dort wo jeder Stuhl ist, in dem Flur dort wo Dampfhitze ist überall dort ist Vereinigung in der Höhe von manchen. So ist dann dort kein Gebet wo der Nutzen seltsamer ist als keiner. Dies sorgt noch nicht für Käse und der Rest sind die gleichen jeden Tag.
Butter die ist überall hat einen kleinen Tisch, Fisch ist die ganze Zeit des Tages wenn das Silber fort ist und dort ist mehr dort. Das ganze Tageslicht sorgt für Fleisch und das Waschen hat jenen Preis, jeder Preis ist billiger. Die ganze vollendete Art und Weise ein jedes Ding dort nach Standort zu behandeln ist nicht die einzige Art und Weise die stehende Heizung zu formen. Der ganze Tag ist jeder Tag und Übung wird auf jene Art und Weise gemacht und Teller stapeln dort wo Gras ist das ist etwas das schmucker ist. Ein Krachen zu erzeugen heißt mehr Schmecken als dort ist wenn dort kein Nutzen ist in mehr Schmoren als dort hineingetan worden ist zum Bleiben. So kommt mehr Länge und etwas mehr Gewicht und die Vergabe jenes Stückes ist nicht erstaunlich.
Die Laterne des Blinkens ist nicht lebhaft und dies wird abgelenkt durch schnelle Arten und Weisen des

Winkens. Es ist dort soviel Nutzen. Die Spur des Aufgangs ist nachmittags Sonnenaufgang.
So ist das Festland zu sehn und das Grün ist grün. Erfreu dich des schlimmen Winters wenn dort ein schlimmer Sommer ist. Es sind dort manche Dinge die ein Ort nicht zeigen kann.
So ist dort kein Ende eines Namens und es ist dort kein Ende der Wahrscheinlichkeit. Ein Liebling macht keinen Lärm und ein Löffel macht nichts rosa.
Bring den ganzen speziellen kurzen Satz zurück und sag dann daß er erfreut sein wird. Jenes zu sagen in jenem Ergebnis ist soviel mehr partikulär. Die Reinlichkeit kommt vom Waschen der kleinen Stücke in der Mitte ohne sie schwarz funkeln zu lassen. Dies ist nicht alles eines windigen Tages. Soviel mehr was grün ist und nicht Gold läßt den Grund jene Form haben. Die Gestalten sind dort. Sie sind nicht dort wenn sie die gleichen sind. Ein Grund ist gegeben. Er hat einen ganzen Namen.
So schnell ist die Susanne ganz vergangen, das Land ist rein und die grüne Farbe ist nicht mit mehr Gelb gesondert als manche. Dies zeigt sich im Katalog und im Haar.
Die ganze Scheibe ist aus Glas und mit Weiß gereinigt welche hängen, das Ganze ist verbracht und es ist dort mehr als die Größe.
Den ganzen langen Weg in jener Länge zu sein welche nicht mehr macht aus einem Kuckuck wird nicht gezeigt von der Unterbrechung jeder Antwort. Es ist so heiter und der Atem der nicht alles ist von einer

Reaktion wird etwas mehr genutzt. Dort ist der Klang der kam und machte die angenehme Versetzung von keinem Zeichen. Wenn es zu kriegen ist dann ist dort die Art und Weise die Zeit des Tages einzukreisen. Der baldigere Sand ist nicht der Geruch der Heizung und dies altertümlicher als der Tag heißt nicht den ganzen Mittag.

Er kann erfreut sein in der gleichen Zeit wie ein heller Sonntag. Er kann tanzend sein so. Er kann sein und er ist irgendwie. Er ist insgesamt.

Er und dort sind die Geduld, er und der ganze Hohlweg wird erhoben mit dem und sicherlich ist die einfache Sache das zu vernachlässigen und so zu tun.

Bald ein Auge haben, bald reichlich von denen zu haben, bald eine Nase zu haben, bald reichlich von denen zu haben, bald ein Licht zu haben bald reichlich von denen zu haben.

Das Argument ist daß wenn dort ein Weg ist es nicht nötig zu sagen daß Trennung mehr Nutzen heißt als aller Kuchen. Das ist wahr, das ist ein Glaube. Eine gründliche Substanz ist eine die keine besondere Raupe hat, eine Raupe hat keine Farbe, dies ist kein Verlust, es ist dort nicht weniger mehr als dort Kleidung ist, es zeigt so viel und jedweder kann sagen nein, jedweder hat einen Hut, ein Hut hat keinen Nutzen, das heißt aber nicht daß er glänzt wenn dort eine schlichte Sicht ist.

Das ganze schwere Gewicht ist von jener Farbe und niemand ist berühmter als ein hölzernes Stück einer Eiche, kein einziger und ein jeder ist berühmt, ein jeder, wenn dort kein Lavendel ist.

Friede zu mehr Stille, und Ruhe zu mehr Reue daß Verkaufen nicht das Kaufen belastet.
Doch noch so viel Wandel, die Zeit zu sagen daß Wandel nicht eine Wiese ist nicht für alle das gleiche und sowieso alle haben nichts Nacktes. Sie würzen ihre Schokolade, sie nehmen zart teil, der Rest ist die Vollendung der Straße die Häuser sind angepaßt und angrenzend. Die Schlußfolgerung ist kein Schleier, die Brise ist größer und gewiß ist Gehen etwas, es ist dort jedwede Gelegenheit, es ist dort kein rosa Zusatz, so viel Anzug, so viel Hafen, so viel was beschrieben wird in Erwiderung.
Ein Land ist nicht mehr zu sehn als ein Beefsteak und ein Beefsteak ist vergeudet. Aller Braten hat einen Verkauf und aller Verkauf ist Firnis. Der Abschnitt der den Zwillich abgesetzt hat von nichtsdestoweniger sind alle mit dem Linnen eingepaßt, und mehr Lager sind nach Maß gemacht als Haar ist auf einer Halbinsel war. Der Grund ist so gerecht daß eine Frage jenes Recht hat und ein Glaube ist universell das soll sagen es ist dort kein Zweifel an etwas.
Pläne sind nicht finster noch ist es die See und lebhafter sind die sieben Monate Warnung. All die Gefahren sind gelassen, und Lachen ist nicht seltsamer.
Stapeln für einen Zeugen heißt das Boot und all die schwimmenden Orte sind so durchsucht, enger und mehr vom Atmen dort macht jede Schwellung soviel simpler.
Ein schlichtes Band macht eine Verbindung am Samstag und sie sind die ersten. Sie haben jenen Grund, keiner kann gegen Besuche sein, es nützt nichts eine

Stellung zu erwerben. Zeit fortzugehen ist Oktober. Das zeigt mehr Winter als Wetter. Dies ergibt eine schriftliche Begründung.
Ein Blühen auf einem roten Ding heißt daß dort ein einzelnes Land ist. Ein Apfel geboten heißt daß dort keine Schande ist. Ein einzelnes Ding das keine Samen hat heißt daß dort Land ist. Ein gleiches Glied und kein Appetit heißt daß dort keine Butterbrote sind.
Wie der Mantel und das Licht und die knisternde Unterwäsche, wie die Farben die dunkel sind und die Mischungen die hell sind, wie sie alle ist dort keine Zerstörung, ist dort keine Analogie, ist dort eine Verrenkung, ist dort keine Verstörung.
Bestürzend und wahr dergleichen sind rar. Die Gegenwart vieler ist akut. Der Tod mehrerer ist anstrengend. Die Beziehung von alledem ist in jener Sprache. Ein so simples Datum ergibt kein schwieriges Singen. Wenn es eine wilde Kuh ist ist es zahm. Das einzelne Haar zeigt den Grund in einem präzisen Schinken. Es ist ein Dinner. Es ist geneigt.
Kienspan ist Holz und Kohle ist tonnig. Das ist die Schuld und ein Bläser ist wonnig. Es kommt die Zeit das festzustellen. Es ist dort Ernsthaftigkeit.
Schuld wird nicht vorhergesagt es ist ein Sonnenaufgang, wie bald ist dort mehr Schatten als Licht.
Ein Knall ist der Klang von Wasser, ein simpler Strang hält es zusammen. Es ist so geschlagen daß dort Wasser ist, Nässe hat ein Muster von mehr. Dort gibt es kein Mitleid. Dort gibt es keinen Erzieher. Wenn die Breite mehr ist umso breiter ist breiter. Die Breite ist

nicht eine Straßenseite sie ist der Block. Dort ist die Farbe bald. Dort ist kein Schatten. Schatten sind ein Musterer. Dort ist kein Musterer. Die Breite ist kostbar. Sie watet längsseits. Der weite Engel hat keinen nassen Winter. Er ist nicht nasser drainiert.
Nicht mehr bersten und das Muster sein von mehr davon ist nicht soviel simpler als es war. Es war so plötzlich. Es war plötzlich und soviel mehr sicherer. Dann kam da die gleiche Zeit und dort ist Analyse, dort ist die ganze Zeit es ist dort nicht mehr Vereinfachung als dort ist. Dort ist sehr viel mehr. Es ist dort das dort. Es ist dort mehr als das dort. Ist dort.
Einen Schuß zu meiden heißt daß dort kein Weg ist zu springen. Warum sollte eine Verpflichtung zweien passen. Und in Verzweiflung ist kein Grund. Die Dunkelheit die einen Geist Schmutz zeigen läßt ist jene die praktisch ist. Die Vereinigung alles dessen ist Nässe, der Wandel ist Untergewicht und doch ist der praktische Nutzen der Länge der gleiche wie Breite. Jener Glaube ist eben da.
Tinte ist schwarz. Das ist brutal wenn es Fisch gibt. Eine Kirche ist so verzaubert daß dort Hymnen preisen. Dies macht die Frage sicherer.
All die Geläute die ruiniert waren waren jene die am stolpern waren und falls diese im Weg waren waren sie ein Laden. Das heißt daß der Verkauf eine Verpflichtung ist.
Eine Klammer ist das was wenn angebracht eine Nadel hat. Dies hält sie davon ab mehr zu kommen um weniger zu sagen. Dies zeigt doch nicht Wetten. Wenn die Zeit dazwischen ist dann ist dort keine gewisse

Weisheit und doch ist dort keine Abrede. Warum sollte denn auch. Was ist der Geschmack. Es ist nicht so schmerzhaft Hängen zu sehen. Hunger ist durchlöcherter. Das heißt aber nicht daß es dort einen Wandel des Gewichts gibt.

Kein Puder, rosa ist nicht eine Farbe, jedwede Farbe ist eine Ordnung das soll sagen wenn ein Fenster nicht das gleiche ist hat ein jeder jene Ähnlichkeit. Keine Seife sparen und hereinkommen, direkt hereinkommen heißt daß dort jene Handlung ist. Der Ton der Überraschung ist erhebend aber es ist dort nicht jene Schande, dort ist drunten, das ist Sinken. Hereinkommen, das ist kommen und spülen, das was genutzt wird ist der Raum, das was genutzt wird ist Waschen, das was genutzt wird ist nichts was irgend etwas hindert irgendwelchem Einweichen zu gleichen. Soviel Substanz, soviel Eingang, soviel mehr Kuchen von wintrigem Tanzen. Ist es erstaunlich. Es ist es. Dort ist jede Störung. Warum ist dort weder. Warum ist die Themse wärmer.

Packen und nicht erwähnen benachbart zu sein heißt nicht Augenlicht. Es heißt auch nicht Befreiung von einer Operation. Es ist nicht einen Knopf zerstören.

So ist dann der Preis der gleiche und die Größe ist abhängig vom ganzen Stück. Es weist keine Löcher auf deutlich. Scheren sind zu nichts nutze.

Eine Art Waten ist nicht so giftig wie gewischtes Wasser. Die Länge einer Straße wird nicht gestört durch die Benutzung von Slippern. Überhaupt nicht.

Laut und nicht lauter und die Zeit ist stämmiger und die Breite ist breiter und die Auswahl ist dicker. Keine

Zeit groß zu sein und klein keine Zeit einen Finger zu stechen, keine Zeit ein Geräusch zu überraschen in den Seiten und doch alles das wird genutzt dadurch daß dort mehr Zeit ist an jedem Geburtstag. Jeder Geburtstag der nicht gestern ist hat eine Beschäftigung. Eine Beschäftigung ist das was wenn es Zeit ist das Zentrum dessen zeigt was Klage ist und Klagen stört nicht jenen Nutzen, es erfüllt nicht ein Urteil, es tut mehr, es ist ist neugesäumt. Das gleiche zeigt sich mehr wenn da kein Datum ist. Jede Lektüre ist simpel. Nutzen ist den ganzen Tag. Eine Erwiderung benutzt Wörter. Sie heißen das voll. Die Länge ist mehr als das Verbinden. Dort ist jene Neubegründung und keine Gewalt. Die Zeit ist um so mehr das als eigenartig. Dort ist nichts zu sehen. Lektüre ist Handlung. Dort ist auf eine Weise Schwimmen. Alle Zeit ist ein Unfall. Vernunft ist vorhanden. Dort ist jene Erfahrung der Ablenkung. Dort dort ist Ausdruck, es ist dort eine Schuld ohne Absicht unverbindende unintelligente Aufmerksamkeit zu stören zu extremer Absicht.

Zahlung und Sünde einbinden, die Länge des Todes ist nicht dazwischen, der Zahn und das Alter und mehr als alles, das Salz, und mehr als alles als auch das harte Bett und keine Bittschrift. Es nutzt etwas härter zu zeigen als kein Wind und nichts anderes.

Dies ist nicht weiß, es ist dort keine Sahne irgendeiner Farbe, es ist eine Zeit dort länger zu wachsen und ganz gleich falls kein Papier da ist zeigt es sich nicht im Druck und Federwischer. Es tut es eben nicht.

Es kann mehr sehn denn das, denn dann. Henry und eine klägliche Gefahr. Dort ist eine Sendung einer

grundlegenden Linie von ungespitzten Äpfeln, und ein Ziel, ein ganzes Ding ist kein Beispiel. Und die Rohrstuhlbindung ist so geräuschlos in ruhigen Kissen. Es gibt keinen Federwischer mehr.
Irgend etwas das alles ist und alles was irgendwo ist und alles was überall ist hat keinen speziellen singulären Zweck. Wenn Zweck intellektuell ist dann ist da ein Garten, wenn da ein Garten ist dann ist da ein Brunnen, wenn da ein Brunnen ist dann ist ein intellektueller Zweck da. Kein Respekt gleicht dem mehr als das Unheil.
Mehr zu wählen ist etwas zu wählen. Die Wahl welche getadelt wird ist nicht mehr veraltet als jene welche erinnert wird und dort ist eine feine Zurschaustellung von Eifer ist dort gewiß und nichts ist ordentlicher nichts und wenn dort gewaschen wird wird dort verflochten. Dies heißt soviel Reinigen und Reinigen das jenes Zeichen hat ist das gleiche wie die ganze Zeit eigenartig zu sein.
Jedweder ist älter. Jedweder ist ein Anblick für einen Betrachter. Jedwedem wird eine Krankheit erspart. Und jedweder ist ein besonderer Ersatz um unentschlossen zu bleiben und einen reinen Kragen zu sehen. Ganz gleich der volle Service ist auf der Höhe eines reichen dicken sandigen stickigen Schweigens. Es gibt keinen Streit wenn Harmonie da ist. All die Dattel Dauer ist am Ort. Es gibt dort solche roten wenn sie hübsch sind. Eine Farbe die sich zeigt ist eine die ist nirgendwo zu sehen. Dies wird geschehen. Dies beginnt nicht ein Subjekt.
Verwegen zu sein und wiederverbunden, traurig zu

sein und nicht verlassen, ernst zu sein und wach, sicher zu sein daß es dort Freiheit gibt, all dies macht überhaupt keinen Unterschied. Ein Anblick der störte war nicht das schließlich war da Beschränkung und anders auszusehen zeigt daß da eine Ähnlichkeit ist und daß die Nation teilgenommen hat. Die Nation hat teilgenommen und es gibt keine angenehmere Wiedervereinigung.

Gezwungen zu sein zu sagen daß es keine Ablehnung gibt, nicht gezwungen zu sein sondern erfreut zu sein das kommt von der Zeit in der es kein Zögern gibt und viel Behagen, viel Behagen ist mehr Behagen als das Behagen das nicht jenes Behagen ist. Das steht zu sagen. Das steht zu sagen daß es keine individuelle Wiedervereinigung gibt zwischen dem ersten zweiten dritten vierten und fünften.

Eine Ursache für Verstörung beruht auf der Tatsache daß mehr Zeit gebraucht wird in einer langen Zeit als in einer kurzen Zeit. Es gibt keine Kritik wenn die Zeit lang ist. Die Zeit ist so lang daß eine Antwort prompt kommt. Dies ist um so mehr befriedigender als der Anlaß für eine Antwort ist wann immer es Ursache gibt für eine Frage. Der Unterschied zwischen diesem und keinem Elaborat ist extrem. Kein Elaborat läßt sich nicht erreichen in einer Frage noch in einer Antwort und dies was so besonders befriedigend ist daß es keinen Zweifel gibt daß es keine Ursache geben wird für den Anlaß. Treu zu sein ist gewöhnt zu sein und die Gewohnheit die ohne jenen Vorbehalt ist hat keinen Umstand sie zu ersetzen. Die Zeit das festzustellen ist wenn es keinen Grund gibt

ein Ergebnis zu bezweifeln. Es gibt niemals einen Grund ein Ergebnis zu bezweifeln wenn es ein Versprechen gibt. Wenn es ein Versprechen gibt heißt das daß Müßiggang nur ein anderer Name ist für ein Ding.
Der ganze Ort ist so groß daß dort kein Staub ist und da dort das nicht dort ist gibt es jeden Anlaß daß kein Unterschied bemerkbar ist. Dies macht Lesen so notwendig.
Gar nichts ist verblüffend wenn eine Insel da ist. Das besondere Zeichen dessen ist im Abstauben. Es erweitert sich dann und da dort keine Zerstörung ist bleibt es ein Prinzip. Dies was das macht offenbart das und Offenbarung ist nicht zufällig sie ist kombiniert und geordnet und ein Handel. All dies zeigt die Bedingung aufrecht zu sein. Angenommen daß keine Frage da ist, wenn keine Frage da ist dann ist die Abwesenheit keiner Besonderheit gewiß nicht geplant. Und dann wenn es erstaunlich ist ist es nicht Freiheit. Freiheit ist das was zusammengesammelt nicht gestört wird durch Verteilung und nicht gegeben ohne Bemerkung und nicht gestört durch Genügsamkeit und einen Umriß. All dies macht den Eindruck der so gestört ist daß da keine Frage ist.
Es nützt nichts zu leugnen was irgendwer hört während er lesen hört, es nützt nichts und es jeden Tag tun ist nicht peinigend, es ist kein bißchen mehr peinigend als Übertreibung, kein bißchen und das ganze Ergebnis wird ausgesprochen am besten Zeitpunkt und Ort und Augenblick. Dies nimmt täglich und alle Zeit zu was wenn es da Einmischung gibt, Einmi-

schung nicht automatisch ist, und wenn sie automatisch ist warum sollte sie nicht obligatorisch sein.
Ein Kerzenlicht heißt nicht daß dort Kerzen sind, ein Kerzenlicht heißt Arithmetik und Training und Arten und Weisen eine Frage zu stellen und es heißt viel mehr, es heißt daß jede Nacht falls Mondlicht ist dort jenes Licht ist, und Licht hat soviel Platz an einem erleuchteten Ort daß jeder daran gewöhnt ist.
Es ist so winterlich und Haare wehen und all die schlüpfrigen Scheiben haben Wasser auf sich, es ist so sommerlich und Wind ist Wasser und alles was rot ist das was brennt, die ganze Erregung, all die Vermählung zeigt den Quell des Frühlings als den Ort wo Wasser quillt, all der Horizont, all das Weilen zeigt daß Fliehen nicht ein Entweichen ist das in einer Anregung ist. So zu bedenken und so zu verdunkeln und so zu röten die westliche Sonne, so anzunehmen und so zu behelligen und so kein Stück Geld zu haben, soviel also ist nicht eine greifbare Substanz, sie ist greifbar und daher ist sie aufgeschnitten.
Eine Mühsal die kein gefrorenes Spülwasser hat, ein Zittern das einen Appetit hat, eine Weigerung die eine nervöse Extremität hat, ein Ausdruck der eine Richtung hat von Nichtbeachtung, alles dies zeigt den wesentlichen Nutzen einer Minderheit, sie zeigen es und sie warnen es, sie empören nicht ihm Glauben zu schenken. Die Zeit kommt eben nicht zu irgendwem dem vergeben ist, sie kommt und dann wenn dann Geduld da ist wenn Nutzen da ist, wenn ein Tisch da ist und Gespräche, wenn selbst eine Scheibe Schinken da ist, kommt es dann dazu angekündigt zu werden

daß bestimmt Verständnis ist was nicht parteilich ist, es ist so artig und stark und überlang daß da bestimmt keine Schande ist.
Eine Gänsemagd ist keine Gänsemagd wenn eine Gans da ist. Eine Kirche ist eine Kirche. Ein Schiff ist ein Schiff. Donner ist Donner.
Schweigen das Schweigen jenen Sinn allem was da ist geben läßt, Schweigen das Licht hat und Wasser und Einklang und Appetit und Ergebnis und eine Bewegung und mehr Übertreibung und keine Rücksichtslosigkeit, Schweigen das da ist wird nicht gestört durch Ausdruck.
An einer Sache gibt es keinen Zweifel es gibt keinen Zweifel daß die richtige Rate die Häufigkeit festzustellen die ist die benutzt wird wenn es Zahlen gibt.
Was aus Schweigen herauskommt. Was aus Schweigen herauskommt ist das was jene Nützlichkeit, jene Natur und jene Art habend sich nicht erweist durch jene Kombination zustande gebracht zu werden.
Bestimmt bleibt Schweigen bewahrt und der Wandel ist plötzlich.
Angenommen daß da keine Verwendung war für das wofür eine Verwendung da ist, angenommen es war dort eine Brücke dort wo das ist was dort ist, dies alles angenommen und nimm an daß die Aufklärung aller darin bestand daß alle jene Kondition hatten, dies alles angenommen ist dies dann die Antwort die Schweigen als Antwort gibt. Das Schweigen das nicht erhalten bleibt, das Schweigen ist das gleiche wie das Merkmal das nicht vollendet wird.
Ein Pfund Papier und kein Bindfaden mehr, ein

Pfund Bindfaden und kein Leder mehr, keine Pfunde von sonst noch was, macht das einen Unterschied, doch macht es, es schafft Autorität. All das Unheil das Ursprung und Plan zeigt ist das was wenn es verstanden wird neubestimmt wird dies alles ist befugte Neuverwaltung. Ein Bleistift ist da zu nichts nutze, es ist zu nichts nutze in jedweder Richtung in Erfahrung Erfolg zu haben, es ist da kein einziger Einspruch. Das Großhandelstuch wird nicht mit einem Sprinkler gehandhabt, es wird so gehandhabt daß wenn keine Verpflichtung da ist da jede Veranlassung ist es wird so gehandhabt daß Zufahrtswege ausgebessert werden, es wird so gehandhabt daß da ein einziger Ton ist. Ganz gleich eine solche Sprache gibt es nicht, das heißt damit aber nicht daß die Buchstaben kleiner sind das heißt es überhaupt nicht.

Die Entschlußkraft die Resignation verschränkt mit Vernachlässigung und Handlung mit Reduktion und Interpretation mit Resignation, die Entschlußkraft die Verteilung verbindet mit Desertion, und Rosafärbung mit Baden, die Entschlußkraft die Röten nicht leugnet, die Ablehnung nicht autorisiert die Nutzbarmachung nicht stört, die Entschlußkraft die Desertion anpaßt und Übung und Resolution, die Entschlußkraft die Anerkennung organisiert und die Störung einer vollkommen befriedigenden Rezeption, die Entschlußkraft die keine Bewerbung zurückzieht und keine Reaktion registriert und keine Öffnung suggeriert, solch eine Entschlußkraft ist entschieden und zuversichtlich und neubegründet, solch eine Entschlußkraft hat den gleichen Dienst wie der Ausdruck der Anerkennung, solch eine Entschlußkraft hat das Borgen der Entspannung und das Vernachlässigen der Verzögerung, solch eine Entschlußkraft ist auserwählt Artikel zum Erinnern auszuwählen, solch eine Entschlußkraft hat Ursprung und Einklang, solch eine Entschlußkraft hat Oberfläche und Differenzierung, solch eine Entschlußkraft hat das Organ der Rehabilitierung, solch eine Entschlußkraft klebt nicht, sie nagelt nicht, sie schaukelt nicht, sie kämpft nicht, sie rettet nicht, sie benutzt nicht den Ursprung des Nähens, ganz gleich die Entschlußkraft ist etwas, sie ist da, sie ist besorgt, sie ist in der präzisen Situation daß sich nichts zeigt, sie wird ersetzt, sie wird ausgeübt, sie hat sogar einen kleinen Ort eine gewisse Art der Vorbereitung zu verbreiten, sie ist sogar die Art von Ding das Feiern hat und Ausbrüche und Flecken und eine Art von Ding das keinen eigenen Namen hat aber nützlich ist wenn es nicht benutzt wird am Ende, auf jede Art und Weise ist Anpassung da und das heißt nicht das gleiche wie die Benutzung einer Entschuldigung es heißt etwas das jedweder sehen kann es ist das Gegenteil, es heißt was dazu kommt realisiert zu werden als das beabsichtigte Metall um nichts daraus zu machen und nicht vergeudet zu werden. Ganz gleich es ist da jene Idee und falls da nicht mehr Stücke sind warum ist denn da ein Unterschied, es ist da eine Art der Weise das zu sagen, es ist kein Zweifel daran daß jedweder einfallen kann mit irgendeinem Mitglied und sicher falls der Rest nichts ausmacht was nützt es da denn zu sagen da ist kein Unterschied. Da ist keiner und so zeigt die ganze Sache daß da kein

Topf ist und kein schmutziger Winter, ganz gleich es klingt einfach so.
Der Stall und das Haus und jedwede Bleibe zeigt Schlamm im Winter, doch das tut es und es zeigt ihn im Sommer ebenso, es zeigt ihn im Sommer und im Winter und es zeigt so gut daß jedweder was anderes sagt, jedweder zeigt etwas wenn sich etwas zeigt, und etwas zeigt sich wann immer Sauce da ist und es ist immer das da um es zu sparen und herumzureichen. Da ist immer eine Art und Weise mit einem Unterschied versöhnt zu werden. Die ganze Sache wird bloß darin gezeigt daß sie da kein gefeierter Invalide sind.

Mallorquinische Geschichten

Romanonos no.
Maurer sieh.
Sonne nie untergeht.
Napoleon der Dritte, Kathedrale.
McKinleys Adler.
Päpstliches Flehen um Frieden.
Nadeln und Stecknadeln Schiff.
Mallorquinische Geschichten.

Szenen. Aktionen und Dispositionen von Relationen und Positionen

Bleib bloß weg und doch komm jeden Samstag zu Besuch. Das ist der einzige Weg zu verhindern alle Aufmerksamkeit zu tragen wenn genug Zeit da ist. Zeit ist nicht das Ding um das es geht des abends spät. Zeit ist nicht das Ding um das es geht am Nachmittag. Solch ein Morgen ist da nicht.

Nicht eine Zeit wenn Beschäftigung da ist nicht solch eine Zeit ist die Zeit die nicht genutzt wird und ein Klopfen das keine Absicht hat hat etwas Hoffnung. Es ist nicht offen zu bleiben. Da ist ein Weg um wegzugehen. Das ist nicht wie jener Weg zu benutzen ist. Da ist jede Wiederkehr.

Das was nicht benutzt wird ist nicht ein Wort es ist genug. Das was gefragt wird ist nicht eine Unterhaltung, es ist ein Stück Maschineschreiben. Und so ist da keine Wahl und doch wenn keine da wäre würde da der Austausch sein von allem und jedem. Da ist genug von dem was oft zugegeben wird und um manchmal irgendeinen Unterschied zu machen der sich ergibt beim Erwidern vom Empfangen. Das ist nicht was freundlich ist.

Dranzubleiben ist zu benutzen was da ist wenn genug von dem da ist was täglich benutzt wird. Das ist nicht das Medium das jene Erneuerung hat.
Es war die Zeit am Tag den ganzen Tag zu füllen. Die Beständigkeit dessen und das was nützlich ist ist das Ding das individuell ist und eine Weigerung zu singen ist ein Ding, ein Lied weiterzusingen wird nicht falsch klingen, zu sagen daß ein Nutzen entgangen ist wenn was nicht gesagt ist nicht nützlich ist ist eine Weise zu sagen daß die Qualität die die gleiche ist irgendeine Erfahrung hat.
Winter im Zimmer und dort leben und viele Zimmer und etwas Luft und eben all der gleiche Atem wenn Nahrung nicht knapp ist und genug zu essen falls Kochen klug ist, alles von dem was nicht davongeht bleibt um das Werk zu plazieren das jene Präsentation hat.
Es war nicht dunkel und das Licht war nicht verloren da das was die Kondition beendete das gleiche war falls es Holz war. Es hatte nicht die gleiche Deskription. Da sind Arten und Weisen etwas zu bewundern.
Da ist eine reguläre Art und Weise jene Position zu haben daß Eintreten keine Erlaubnis ist wenn es da keiner Frage bedarf. All die Zeit in der Reden geführt werden ist da eine Art und Weise zu verweilen. Irgend etwas zu benutzen ist nicht die beste Art und Weise die richtige Antwort zu haben. Alles der Zeit ist so plaziert daß eine Verlegenheit nicht einen angenehmen Auftritt bedeutet und da ist die Präsenz dessen was nicht notwendig ist was einen Empfang veranlaßt.

Da ist keine Trübsal im Erfolg und Verkaufen eines Bildes und Arrangieren einer Ausstellung. Da ist keine Trübsal in vier Galerien und fünf Städten und einem Packer. Da ist keine Trübsal im Belasten einer Direktion und Abnutzen einer besonderen Expression und das die Reorganisation ertragen zu sehen. Da ist keine Trübsal einen Empfang zu haben. Da ist keine Trübsal.

Die Zeit ist gekommen wenn einen anderen Mantel sehen manch einen erinnert an die Zeit des Jahres und dies macht nicht den gleichen Unterschied wie eine starke Natur. Dies macht besonderen Gebrauch von manchem Verstehen und Verlust und Hoffen und Wechsel des Gesichts. Dies bedeutet daß die angenehme Zeit nahe gewesen ist.

Ein dunkler Tag ist nicht dunkler und der Grund dessen ist daß der Eindruck einmal gemacht sich fortsetzt bis daß da jener Wandel ist und der Wandel kommt nicht, er hat nicht jene Komplexion.

Die ganze Zeit ist ausgefüllt wenn dort kein Ort ist wo die Wirkung jenes Eindrucks sich nicht in irgendeine Gestalt einträgt und dann wenn die Kopie nicht perfekt ist ist sie nicht reizender und das Ding zu zeigen ist die Absicht und die Art und Weise das ganze Stück zu verbringen ist sich fortzubegeben und das zu erklären in einem Brief. Wenn da eine getreue Aktion ist dann ist der Glaube gewiß wenn da kein Wandel der Reputation ist. Alles was empfangen wird wird beantwortet wenn jedwedes Subjekt offen ist und da kein Ort ist zum Sitzen und Reden.

Da ist eine Art und Weise zu sagen daß das Ding da

nicht auf dem Platz ist und wenn es auf dem Platz ist falls es da ist dann ist es genug es zu sehen falls auf ihn gehen heißt dorthin getragen zu werden und da ist ein Weg auf ihn zu gehen, der Weg um hinwegzugehen ist falls er der gleiche ist der gleiche. Das Ganze jener Zeit wird nicht genutzt wenn ein kleines Ding das verbleibt keine Bedeutung hat. Jedwedes kleine Ding hat jene Bedeutung. Da ist noch eine andere Art und Weise ein schmutziger Bursche zu sein.
Wenn es der Effekt ist eines Defekts zu verlocken und die Grundlage jedweder Anerkennung zu verwandeln dann ist es eine wunderbare Weise die eine Vision macht und das ist was ist wenn keiner der gleiche ist und der Eine nur jener Eine ist und nicht irgendwie anders ist. Es hat gar keine Bedeutung das was so deutlich ist daß ein Schirm nichts reinlich läßt. Die Luft ist nicht da. Wenn da keine Oberfläche ist dann ist der einzige Weg zu wählen sich nach einem Beispiel zu richten und da ist kein Weg ein Kompliment zu machen, da ist ein Weg sowieso jedweden Weg zu versuchen und keine Resolution gehabt zu haben und empfangen worden zu sein von manchen. In die Relation zu kommen bedeutet daß falls da eine Reaktion ist etwas gesagt worden ist. Dies ist nicht zu exakt. Es erschöpft nicht eine Präparation.
Nicht die Neigung beladen und nicht die Schöpfung beleben und das Pflegen der Blüte ist praktisch alles jenes Dinges. Die Erneuerung der Ablehnung arrangieren durch Akzeptieren ist das einzig Süße Gelingen ist nicht Bezwingen. Gelingen ist nicht ins Wanken bringen wenn es sich nicht fortsetzt und der beste

Plan ist der Tag der weniger Vorkehrungen hat. Der ganze Ort ist ein Ort und der Ort der jener Ort ist ist der Ort wo die Hoffnung das ist was keine Zeit hat. Das einzige Zurückziehen von nichts das Sehnsucht hat ist die Zeit die es braucht um zu sagen daß da Verbinden ist.
Triff ein und warte und sage zu keinem anderen daß da keine Täuschung ist wenn da Entspannung ist. Gar nichts zu sagen ist verpflichtend.
Jene Position zu haben und jene Destination zu erreichen und den Weg zu zeigen der nicht verändert ist als ein angenehmes Grüßen und jener Empfang ist alles was da ist von aller Wiedervereinigung. Es kopiert nicht die Beziehung und es hat doch jene Bewegung.
Keinen Schaden zu sehen und allen Charme zu sehen und im Besitz zu haben und Erlaubnis zu verteidigen falls da irgendeine Weise ist sie zu erbitten ist einander zu verachten falls da der gleiche Grund ist. Was kann benutzt werden wenn alles was gehalten wird durch alles unterstützt wird. Was kann mancher Wandel sein. Der ganze Ort ist dort zu sehen und dorthin zu gehen heißt daß das gleiche Ding begonnen ist. Die Hinsicht ist anders.
Führen im Hören, das ist müde zu sein, das ist was ist der Weg mehr zu hören und immer ist dann da jenes Ergebnis, da ist ein Wandel. Führen im Hören und dann ist das dabei müde zu sein und dann dabei zu verweilen und dabei zu verbleiben und das auszutauschen gegen jenes Ding.
Nicht Essen speisen, das ist Essen im Speisen, Essen ist

was Essen ist und Speisen ist was Speisen ist und Essen und Speisen das ist der Gebrauch des Gefäßes das nicht leer ist. Nichts ist leer und offen und alles ist voll wenn es sich öffnet und schließt. Schließen ist nichts.

Der offene Weg der offene Weg und der sich schließende Weg, der offene Weg ist nicht der Ursprung dessen was interessant ist, die Wortarten sind nicht die gleichen, sie haben doch einen Ursprung.

Der ganze Ort hat das was er hat wenn er gefunden wird und das ist da wo mehr Platz da ist. Platz hat nicht jenen Ausdruck. Er hat keinen Wandel an einem Ort. Er ist nicht schmutzig, da ist keine reinere Passage und der beste Weg es alles ausdrücken zu lassen ist Mittag zu kochen. Da ist genug einen Anzug zu kriegen der nicht zu bekommen ist wenn da keine Hoffnung ist. Das ist der Unterschied wenn da viel ist und da ist viel mehr.

Eines an die Seite eines anderen zu plazieren und sie beide haben etwas das in ihrer Farbe ist das zu tun und nicht ermatten ist dann zu schauen und das preisgeben sehen was es haben wird wenn es verbleibt wo es sein soll. Dies ist nicht närrisch, es ist ein Teil aller Ablenkung. Es ist die Absicht aller Abweichung. Es ist das Maß aller Sprache.

Zu sehen daß ein Stück benutzt wird wo kein Rezept da ist ist eine Weise auszudrücken daß Dinge die verschieden sind jene Ähnlichkeit haben und dies heißt nicht daß da keine Abrede ist, dies heißt daß das gleiche Zimmer anders ist wenn das Mobiliar farbig ist. Mobiliar zu färben ist zu sagen daß das Mobiliar

breiter ist und die Wände sind höher und das Licht ist klarer. Oft zu wechseln ist zu sagen daß die Benutzung von etwas die gleiche ist.
Antworten wenn keine Frage da ist, folgen wollen wenn da kein Stürzen ist, das zu verkörpern was jenes Wissen hat, alles das ist die Art und Weise mit dem kleinen Knopf zu verweilen der ein Knopfloch hat. Dies ist so gefügt.
Es ist nicht da das zu drücken was keine Bedeutung hat, es ist nicht da zu drücken. Der Befehl der noch nicht begonnen worden ist ist derjenige der zehn davonschickt. Die Zehn bleiben irgendwo und die Zeit ist länger. Der Nutzen dessen ist daß da mehr ist in jedweder langen Weise.
Die Abneigung gegen kaltes Fleisch führt nicht zum Essen. Es führt zu allem. Dies ist nicht alles eines Gefühls. Es ist genug um jedwedes kleines Ding zu suggerieren.
Die Art und Weise zu danken ist die ganze Eröffnung zu achten und die Art und Weise einen Apfel zu verachten ist einen anderen zu wählen. Dies kann durch Wiegen getan werden. Es kann auch durch Schauen getan werden.
Die Art und Weise ein Zitat zu gebrauchen ist zu hoffen daß es gehört werden wird wenn es gesprochen wird. Das ist die Art und Weise jenes Geräusch zu machen.
Es ist nicht das gleiche das was nicht traurig ist mit dem was wiederholt wird. Es ist nicht das gleiche und der Anblick ist so verschieden daß jene Hoffnung da ist und keine Aufregung mehr. Dann ist der Wandel

da und da ist aller Vergleich. Die Hebung der Trauung ist nicht das gleiche wie ein Kind wenn keine Kinder da sind aber ein Kind hat jenen Nutzen und da ist genug ihm eine Erkältung zu geben. Dies ist zeitlich nicht richtig. Dies ist nicht die Weise zu verzweifeln.

Die Hitze des Hörens ist nicht das Schweigen des Antwortens und nichts wird erzeugt wenn die Frage lautet wie der Name. Das ist eine Art zu antworten und da hätten mehr sein können aber es war anders, es war das gleiche.

Der ganze Bezirk wurde nicht benutzt wenn ein Ort geborgt wurde und das Vergnügen in jener Vereinigung ist das gleiche wie Erlaubnis geben. Die Hoffnung jener Absicht ist was die Antwort bewahrt vorbereitet zu werden und falls sie vorbereitet wird dann wird sie gedruckt. Pause ist da genug.

Eine spezielle Hitze zu verursachen und kälter zu sein ist nicht die Art irgendeine Gewohnheit zu haben. Darin ist keine Unregelmäßigkeit. Es ist zu klar. Die Zeit für jenes Leid ist nicht im Kopf es ist im Ursprung der Erlösung. So ist es da zu keiner Vernachlässigung gekommen und dort verfällt keine Ordnung wenn die Zeit die der ganze Tag ist die gleiche Zeit ist und falls nicht älter dann nicht jener Unterschied im Verbringen. Es ist nicht ganz gleich falls nichts verbracht wird. Es ist nicht ganz gleich weil dann da alle Dinge da sind die zu bekommen gewesen sind durch Suchen und etwas Finden. Dies was oft geschieht nutzt die Zeit die nicht klar zu sehen ist. Es ist nicht so entmutigend und das ganze Ding ist nicht so voll wie es sein würde wenn da nicht ein anderes wäre. Die Ähnlichkeit ist da.

Da ist keine Farbe wenn da nichts zu beschmutzen ist. Da ist niemals irgendein Wandel darin und das Schweigen ist nicht da wenn es leer ist und da ist keine Absicht mehr zu zeigen als genug. Die ganze Zeit ist da die exakte Art und Weise es ein wenig zu verwandeln und nicht mehr zu vermischen und das ist nicht der Ursprung der Industrie, der Ursprung der Industrie ist der Abend der Rezitation. Da ist manch vergangenes Spielen von Singen jeden vergangenen Abend. Dies ist nicht mehr als die Zukunft.

Eine angenehme Weise einen Besen zu verwenden ist sich auf die Mauer zu stützen und nicht mehr zu tun als jedweden der derjenige ist willkommen heißen. Dies ist wenn es angenehm ist angenehm und arbeiten ist Industrie. Das ändert nicht alles. Die Absicht den Schmutz zu entfernen zerstört nicht die gescheckte Farbe. Die Farbe ist nicht ein Fleck. Es zeigt sich was Glas ist wenn da eine Reflexion ist. Dies friedfertige Verfolgen ist so ernst und so beständig daß da keine Bemerkung gemacht wird wenn die ganze Zeit da jene Beschreibung ist und die Weise ist jene Weise wie da ist was gesagt ist als die Weise die jene Weise ist. Die Tür ist nicht so offen.

Es war nicht dunkel und das Wetter war nicht klar und der Sonnenschein war nicht düster und die Farbe war nicht rot, es war nicht staubig und das Fenster war nicht offen und der Ofen war nicht geschlossen und der Tisch war gedeckt. Es war kein Pfeffer da und da war etwas Salz und da war mehr Huhn und da war

mehr Süßes. Da war Blumenkohl und da war Kuchen und da war kein Dämpfer und da war Butter und da war Kartoffel und da war Gurke. Da war keine Sahne und da war Banane und da war Sahne später und da war Orangenmischung. Alle Kartoffeln die gegessen wurden waren geröstet worden und die Tauben wurden übriggelassen und das Obst wurde aufgegessen und da war noch eine Platte.
Alle Zeit ist dunkel und da ist ein Licht und die Zeit zu denken ist die Zeit zu malen und das Grau Blau Purpur ist die rote Rosenfarbe und das rosaweiße Kuvert ist das feine zerschellte Porzellan. Der Zweck von mehr ist so zu bleiben und der Nutzen des Präsents ist jene Zukunft zu verschmelzen und die Präsenz von allem ist der Nutzen von jenem und das Vergnügen jenes Termins ist nach Gewicht zu trennen. Die Zeit auszudrücken ist jene Aufmerksamkeit zu empfangen und der Wandel im Ton ist nicht der Ekel. Das Schwinden von mehr ist nicht jenes Tragen zu zeigen, der Quell jenes Wandels ist nicht das Lockern von jenem. Das Verschmelzen von diesem ist nicht der Spurt und das Gewinnen von Weiß ist nicht das Beschmutzen von Schwarz. Die Dose die drückt hat nicht einen hohlen Ton und die Farbe Blau ist nicht so rein und treu. Das Beste von allem ist die Präsenz des Besten und die Art und Weise zu verweilen ist auf lange Weise in jenem Weg sitzen zu bleiben. Keine Weise zu verweilen ist ein Weg wegzugehen. Kein Weg ist ein Weg. Kein Weg ist weg. Da ist genug die Note tönen zu lassen und da die kleine Flöte ist da wo keine Luft ist und das Blasen ist stark und das Blasen

ist lang und da die Luft ist da wo keine Luft ist. Getragen zu verweilen ist nicht eine traurige Weise. Wegzubleiben ist nicht ganz jenes Tages Glanz. Die Zeit zu beginnen ist nicht die Zeit den Abend zu dämpfen und genug Entscheidung hat keinen Ursprung. Dies ist jenes Ergebnis.
Arbeit und nicht lang macht einen traurigen Gesang und das ist nicht wahr wenn der Name kurz ist und die Vorbereitung ist die gleiche. Da war eine bestimmte Zeit des Tages um mehr zu hoffen und dies war nicht alles von dem Morgen und Abend und Anfang des Nachmittags. Dies war nach dem Beenden eines Stücks des Kopierens das Glanz gibt jeder Situation und dies war auch die Zeit als lang genug verweilt habend da keine weitere Erklärung mehr war. Die allerbeste Erlaubnis beruht auf Korrespondenz und mehr Erlaubnis wird nicht gebraucht wenn keine Distanz da ist. Dies entflicht nicht das Laster. Dies läßt eine Jahreszeit länger dauern und das kalte Wetter das nicht solch sehr kaltes Wetter ist hat das Glück Regen zu erwarten. Dies ermächtigt nicht alle jene Absicht.
In der Zeit zu warten und die Wahrheit zu sagen ist nicht mehr Streit als falls da mehr Zeit gewesen wäre. Dies zeigt doch die Altertümlichkeit anzuerkennen daß ein Morgen für etwas genutzt wird. Das abzustreiten ist alles abzustreiten und das zu bestimmen brauchte es kein Zögern. Dies ist nicht was da zu denken ist. Dies ist mehr von der Präsenz von Zeugen.
Dies was gesichert ist würde den Nervösen nicht so

besorgt machen wenn die Antwort nicht kommt. Ziemlich viele Risiken bedürfen jenes Rats. Ein Schuß des Folgenden ist so entschieden und die Zeit mehr zu schicken ist was nicht hoffnungslos ist. Alle Zeit und alle Frist und alles überflüssige Holz und Porzellan weisen das Zeichen auf und den Gebrauch und die Fortsetzung der Zurückhaltung.

Geduld ist nicht ergiebig und Warten ist nicht die Absicht mißbrauchen. Jedwedes kleine Ding ist mehr als eine Frage. Jedweder Versuch ist eine Rückgabe einer Erlaubnis. Aufmerksam zu sein und beabsichtigt und jenen Mißgriff machen ist nicht trügerischer als sonst etwas.

Präsentier die Abteilung und laß die Wörter weiterhin dorthin kommen und dies wird eine Weise nicht langsamer machen und zerstört, dies wird das überhaupt nicht sein. Jene Frage zu stellen bedeutet doch nicht die Erwähnung eines Autors. Den Namen zu wiederholen ist nicht das nämliche wenn da kein Stuhl ist. Es einzubeziehen ist ein Weg sich dem Ort zu nähern der nicht da war um einzugreifen. Dies macht den Einwand nicht klarer es macht gerade die gleiche Weise.

Es ward gedacht daß das wie der Berg von etwas das nicht wächst nicht wächst, es ward einmal gedacht, es ward gedacht daß der Wandel nicht so alt war und das Alter war älter. Es ward gedacht daß das gleiche Ding gepreßt angelegt würde wo keine Sitte war. Es ward gedacht daß da etwas mehr Alter sein würde. Es war beabsichtigt und da war das was ernst war, es war beabsichtigt daß die Verpflichtung die nicht steigend

war zum Zeigen von etwas führen würde und es war da wo die Hoffnung da war daß die Zeit war. Das ganze Ding war nicht das gleiche.
Eine Tür zu öffnen und in die Richtung sich zu wenden in die der Eintretende sich beugen wird zeigt so wenig schnelle Bewegung daß da ein Weg ist vorzurücken. Und so um rechtzeitig zu sein, jenes Zögern zu haben, einen Stuhl herzubringen und ins Stehen zu treten belegt nicht den ganzen Abend mit Beschlag wenn da etwas Gesang ist.
Das ist abgemacht das was einiger Einführung bedarf. Es ist nicht notwendig es zu verweigern. Jedweden Abend ist da mehr Zögern. Jedwede Verdickung des Mantels zeigt etwas und da ist ein Gebrauch jenes Wortes.
Es war alles recht, da war jenes Zögern, da war die Zeit des Nachmittags und da war ein Abend von manchen die jene waren die Abende waren. Da war das und der beste Weg das zu zeigen ist mehr zu haben als jedes kleine Stück nicht als Frage gebraucht. Dies kann das beginnen. Da ist keine Bestürzung, da ist jener Mißbrauch, da ist mehr, da ist etwas. Da ist kein bißchen an mehr als gebraucht wurde von jedwedem Schreiben. Da kann mehr Drucken sein. Da kann zu leihen Vorhaben sein. Da kann jenes Interesse sein.
Eine Eigenart der Stufen und des Eingangs ist daß es nicht so eigenartig ist da da mehr sind die etwas ausrufen. Dies würde einen Anfang verändern wenn da nicht ein Untergang gewesen wäre. Dies was war war die Zeit das zu tun und das Ergebnis ist anders.
So bedeutet das ganze Ding dies daß wenn da ein

fortgesetzter Gebrauch von alledem ist da sein kann und da ist der Ausdruck jenes Gefühls.
Die angenehmste Antizipation ist jene Reaktion und mehr Zeit wird dann verbracht und der ganze Ort ist einsam. Da sind vier darin.
Wenn die Geschicktheit jener Kopie bedeutet daß eine Stimme lauter ist dann ist da gewiß nicht jene Verbindung die da ist wie da ist was dauerhaft gewesen ist. Dies ist nicht so schmutzig. Kaltes Wasser ist nicht reiner.
Schlag den kleinen Zeitplan und dann breit ihn aus so daß ihn lesen keineswegs einfacher ist als es war. Dies hat jenen Charme und jede kleine Qualität hat jene Intensität. Es ist nicht distinguierter weißer zu sein als roter zu sein, größer zu sein als kürzer zu sein. Die Bedeutung hat mehr Notwendigkeit.
Ein strahlender Ausdruck bedeutet doch nicht daß das Auge so klar daß da keine Ermüdung ist.
Die Dregge die das wichtig erhält ist nicht ausgebreitet. Dies ist ein Grund warum wenn das was zu tun bleibt getan ist da kein Zutritt ist. Gleichviel könnte da mehr sein wenn die Richtung notwendig wäre und es ist so voll daß da immer jene Hoffnung ist und jenes Zimmer.
Selig sind die beharrlichen Besonderheiten die jenes Zögern offenbaren so daß wenn keine Hoffnung da ist immer ein Führer da ist. In den Sprachen die man benutzte und sang sind manche Wörter länger als andere und dies hat so viel Würze und einen so starken Zaun daß gewiß das Gewirr nicht gemacht wird durch mehr als die drei Wörter die dazu kommen

geteilt zu werden dadurch daß da keine mehr sind. Dies braucht schon die Zeit.
Alles Beginnen hat jene Intelligenz und gewiß ist eine nützliche Zeit Bitten zu stellen wenn da irgendwelche Adressen sind und da sind immer Adressen an Orten. Dies bedeutet doch jenes Bedürfnis und jenen Nutzen und jene Rückkehr und jene reichliche Reue. Da ist soviel zu sagen.
Eine Zaghaftigkeit die nicht von Nutzen ist in einem Prahlen ist nicht das was von Zeichen erzählt. Die Fortsetzung dessen ist nicht mehr als versprochen, es wird fortgesetzt.
Das Land hinter sich zu haben wenn kein Meer da ist hat das zu tun was nicht das einrichtet was mehr ist als frei. Es ist so natürlich daß da die Meinung ist.
Mehr zu detaillieren ist jene Frage zu stellen, es ist sich zu weigern zu antworten, es ist das dem hinzuzufügen. Das ist etwa eine Entschuldigung und mehr wäre nicht genug und gewiß ist jener Weg jene Autorität. Die Zeit zu kontrollieren ist wo ein Eindruck da ist.
Ungefähr die Zeit wenn ein Buch geborgt wird ist die Zeit es zurückzugeben und es zu hinterlassen. Dies läßt jedweden der jenes Licht hat es nicht nötig haben es dort hinzutun wo es hinzutun ist.
Noch mehr zu einem Wandel hinzuzufügen ist mit Beschlag zu belegen was beleidigt ist und die Weigerung zusammen zu gehen mag das bedeuten. Dies läßt wenn da ein Gesang ist eine Wahl nicht von Bedeutung abhängen.
Jenes Steigen und Fallen das Singen beschreibt bedeutet daß einen Stuhl näher heranzuziehen wieder-

holt werden kann. Dies wäre mehr als jene Unterbrechung. Da ist kein Ort für jene Zeit.

Einen Glücksstern zu versüßen bedeutet daß eine traurige Art und Weise die Überbleibsel zusammenzufegen die eine Art ist Gunst fortzusetzen. Und das was am aktivsten ist ist aktiver da Industrie jene Bedeutung hat. Die hat sie. Sie hat jene Bedeutung.

Das Übergewicht ist innen und wenn es in die Taschen gesteckt wird ist es nicht schwerer, dies gibt in etwa ein Gefühl nicht zu verweilen. Die Autorität die derart einsam macht ist nicht die gleiche wie Ekel. Sie ist immer verschieden manchmal.

Dies macht einen Versuch langwieriger als er es wäre wenn der Wandel käme und die Präsenz dessen ist schon eine kleine Eigenschaft. Da kann Übereinstimmung sein und das Spektakel ist das gleiche.

Dann ist dies was nicht zuviel ist oft und so kommt es dazu jene Zeit zu sein und gewiß ist das was ausgegeben wurde nicht vergeudet da Vergeudung nicht jene Bedeutung hat.

Also ist da keine leere Stelle. Die ganze Zeit sind die Stühle da und da sind genug Tische. Holz hat nicht jene Bedeutung.

Dies ist nicht eine Schnitte und aller Saft der trocken ist ist nicht so trocken wenn das Haar und alles klar ist. Dies macht einen Gruß in nichts weniger gefällig und gewiß ist das was getan ist nicht so entmutigend. Da ist kein Hoffen zu gebrauchen.

Mal das kleine Holzstück mehr an und da ist kein

Weg das zu erkennen was weh tut. Dies bedeutet nicht mehr Seltenheit als eine Ausnahme. Dies ersetzt nicht das Warten aufs Heiraten.
Abzuwägen und keinen Abschnitt verputzen ist so lang im Haus zu bleiben wo die Mahlzeiten gegeben werden wenn da Nahrungsvorräte sind daß genug davon etwas bedeutet. Es bedeutet nicht eine Farbe in einem Symptom. Das ist nicht der einzige Weg zum Hoffen.
Sieh Thomas das Korn bringen, sieh das Korn die Farbe haben die Korn hat wenn Korn wächst in jedwedem Winter der jedweder Sommer ist. Sieh Thomas den Regen bringen und sieh daß der Donner nicht der Donner ist daß jedweder Regen der länger regnet Donner hat wenn er Donner hat. Sieh Thomas bringen was Thomas bringt und die Last ist nicht leichter da Thomas den Schatten dunkler macht. Thomas hat keinen Quell Wasser, Thomas hat die Farbe heller. Thomas ist die Zeit zu bleiben. Thomas hört was jede Quelle liefern kann. Thomas nicht dunkel nicht licht, Thomas macht die Kammer noch einmal.
Das Herrschen des Bleistifts und die Farm, das Herrschen eines Schattens und das Korn, das Herrschen der Frau die abgab was nicht dableiben sollte, jedwedes Herrschen ist das gleiche und die Linie ist da und hat jene Aussicht.
So dicht wurde es passiert daß da nicht mehr Platz war als da war und so süß sind die Freuden der Ruhe daß ein Streit mit einem Vetter das gleiche Ergebnis hat.
Reich es weiter zur Flasche, Häuser in der Ecke haben

Fensterläden, ein kleiner Baum ist nicht einsam weil die Blätter nicht hell sind.
Die Gegenwart der notwendigen Frage bedeutet nicht daß ein Kuß gegeben werden muß. Das Süßen von Hühnern ist nicht alles was erinnert wird wenn die Form derart war daß Knöpfe reichlich waren und da die Umgebung war. Das war gar nicht die Art zu sagen daß der Wandel der gleiche war.
Der ganze lange Ausdruck der einen längeren Zustand eines natürlichen Beispiels bedeutet ist nicht so verzeihlich wie alles das in manchem Falle ist. Der Rücken und die Taille und die Gegenwart von keinem einzigen Splitter, der Sonnenuntergang und die Küche und ein Tisch mit einem Fenster und ein Serviettenring im Winter, alle Gegenwart des meisten, alle Sehnsucht jenes Sommers, ein Vergnügen und ein Zeichen und da ist keine Möglichkeit irgendeinen Stuhl zu verweigern.
Zu dem Läufer der jenes Loch hat und jene Farbe, zu dem Holz das jene Farbe hat und jenes Weiß, zu dem Tisch der jenen Teppich hat und jene Aufstellung, zu dem Bett das jenen Schirm hat und jene Schnitzerei, zu der Laterne die jenes Licht hat und jenen Schutz, zu den Formen die jene Verzierung haben und jene Ableitung, zu dem Boden der jene Oberfläche hat und jene Bedeutung, zu jenem Licht das jenen Schein hat und jenen Garten, zu jener Mauer die jene Linie hat und jene Konzentration, zu dem Besten das jene Wahl hat und jene Farbe zu allem und da ist etwas klingt etwas, zu jenem und da ist keine Zeuge zum Zeichnen, zu mehr und die Erklärung ist nicht ein

Fehler, zu weniger und die Zeit ist wenn da jenes zu bestehen ist, zu all der Länge und da ist dann mehr davon, ist da keine einzige Weigerung einem Duft zu widerstehen.
Dies ist nicht die Willfährigkeit der Zähne und da ist nicht mehr Gewalt als die lauthals. Ein leeres Papier wird oft benutzt.
Nichts in ein kleines Buch kleben ist die Art und Weise das Papier zu benutzen und nichts ist davon verloren und das ist solch eine Kollektion. Die Jahreszeit wenn Wetter kälter ist ist jene wenn jener Wandel gewesen ist. Wenn alles was voll ist jenen Tropfen hat dann ist die Zeit zu trinken zu Beginn und der Beginn hat die völlige Wiederkehr des Nutzens des Behandelns. Das ist die Artigkeit vom September und Oktober. Alle Monate die gleich sind haben dies gemein.
Den roten Bart im Stich zu lassen und keinen Farbwandel zu haben bedeutet daß der Bart gesamt gleichen Alters ist. Da kann mehr Rasieren sein als Erleuchtung. Dies verwandelt doch nicht jede rote Farbe.
Falls die Gestalt die gleiche ist und der Nutzen des Abends nicht groß ist dann hat ein Kleid jene Bedeutung und es schließen ist nicht Musik. Etwas ist dann nicht still.
Ganz recht wo die Quelle glänzt und die Wellen niemals höher sind als das Wasser, bedeck den gleitenden Ozean und misch nicht mehr Duft. Sieh die verbleibende Betonung und erklär mehr und mehr und nicht mehr so. Sieh die Rassel die nicht gegessen wurde und benutz auch bald einen Federwischer.

Das Patent das erlangt wurde bedeutete doch mehr als alle Arbeit die jeden Tag verwandt wurde am Morgen. Kein Leid bedeutet Zeit und kein Wandel bedeutet Scheidung, und kein Vergnügen bedeutet alles gegessen, und kein Geburtstag hat Bedeutung. Dies das einen Schmerz hat in jener Nase bedeutet die Linke wenn die Rechte erwähnt wird. Alles ist nicht Dunkelheit wenn die Lichter die aus sind entbrannt sind. Die große Katze hat soviel eigentümliches Gesicht daß das Gewand nicht viel schöner ist als eine große Anzahl. Schmerz und besondere belustigende Lust und mehr als besondere klare erklärende Luft dies alles ist mehr als erzählt und eine vergangene Violine ist nicht geblieben. Und doch der letzte kleine Montag ist nicht jeder Sonntag und der ganze Käse ist nicht verängstigt und die Frage ist nicht ganz überlegt und mehr Hilfsengagements waren nicht speziell. Dies alles und mehr nicht ist soviel mehr und die Sprache und aller Kern war die Zeit daß Einsamkeit sich verwandelte zum Gang zu einem anderen Dinner. Lunch war oft.

Der Artikel der Wunde zu sein und keinen Zahlmeister zu haben ist in nichts mehr an Wonne als Hammelfleisch ist. Dies wurde so völlig gegessen daß da jeden Tag gekocht wurde.

Nicht jener bestürzende Beifuß, nicht jenes tödliche Melodrama, nicht irgendein flüchtiges Symptom, nicht mehr einfaches Federsofa, nicht mehr Wolke als die meisten Mitglieder des Atemorts, nicht ein Schreiner und nicht ein rückwirkendes Syndikat keins von allem Pulver war mehr blau als eine gelbe Pflanze.

Dies war nicht jenes Memento, dies war nicht jene parallele Synkope, dies war die halbe Kurve des Splitters, dies war nicht jedes Steigen, dies war das perfekte Parlament, dies war keine Schmiere.
Zeig den Ort wo die Reproduktion jene Leichtigkeit hat und Ertrinken hat eine Figur. Die liebliche Gasse ist nicht in Sicht wo das Haar gelb ist. Falls der Wandel früher kommt und es zu keinem Schlag kommt dann hat die Tageszeit das es durchaus zu empfehlen.
So ist denn die Plattform die nicht erhöht ist besetzt und das bedeutet daß wenn da ein Treffen ist eine Verspätung geboten wird und gewiß ist die Nutzung dessen nicht lang wenn da keine Frage ist. Falls da ein klein wenig Qualität ist und das ist jedwede Qualität dann ist die ganze Hoffnung so arrangiert daß ein Tuch jene kurze Länge hat. Und so ist da keine Entschuldigung, da ist jeder Fehler da ist jede Position. Ein ernster Schutz hat einige Bedeutung und die gleiche Sache hat das Sagen an einem Ort ohne Austausch. Und doch geschieht es noch, es ist geschehen und davon ist mehr da. Da ist kein solcher Ausdruck.
Eine Gruft und die Zeit ist nicht Weihnachten, die Zeit und der Weg ist nicht ein Teppichbelag, das Leder und es ist nicht Wasser und das Fenster es ist nicht eine Seidenmischung, die helle Jahreszeit und da ist eine Komposition, aller Mond hat keine Pein in einer Konglomeration.
Da ist keine, da ist keine vorangegangene Katastrophe, da ist keine Periode und da ist keine Bereitung. Da ist nicht viel wenn alles nicht das gleiche ist und der Wandel ist nicht angezeigt worden.

Warum ist ein saurer Birnbaum in einer Blütenbiene drin, weil es so angenehm ist in der Sommerabsonderung zu bleiben. Das ist nicht die Entschuldigung für die Kiste und die Öffnung. Das ist nicht die Art und Weise jene Geste zu verweigern. So hat denn die Vereinigung eine Witwe und die Mutter hat einen Vater und kleiner und da ist keine Länge viel länger.
Springen ist gar nichts falls ein kleiner Weg hinter dem Ellbogen ist und dem Knie. Dies ist die Jahreszeit sich zu freuen und der Augenblick eine Ablehnung des Ratschlags zu bekommen. Falls es ein Jammer ist ist es nicht der gleiche Jammer wie mehr Toast. Es kann so warm sein daß Sonnenschein da ist und es kann nicht sein was durch Appetit sich abhelfen läßt.
Erzählen das letzte Mal daß ein grün und gemischter Repetierer nicht verlorenging und gekauft wurde für mehr ist nicht passiert da es nicht erzählt wurde. So ward der Beginn gemacht und da war mancher Nutzen. Sie wollten die Gedanken nicht zusammen lassen. Dies brachte nicht genug Trennung. Da war noch mehr zu erblicken und die Zeit die so häufig war war jedweder Nachmittag. Dies brachte jedweden Tag zum Schweigen und der ledige Nachmittag war derart daß jedwedes Konfekt das gleiche war wie gegessen. Dies war nicht die ganze Schule. Da war mehr Kopieren von Zeichnen.
So die Weise und das Licht war nicht das Licht irgendeines Mondes. Der Regen war der gleiche und die Stufen waren reiner. Da war ein Austausch und dies machte keine unnötigen Sorgen.

Setz dich und Dinner wird bereit sein, setz dich und bring den Kuchen heute zurück, servier das Huhn und stell Sahne voll bereit, würz alles und gieß das Öl weg, nimm den Salat und den Käse dazwischen, sieh die Sahne und lieb das Konfekt dort, verbring den Tag und iß den Rest hinweg, bleib weg und vergieß nicht die Träne.

Wenn eine Pflicht so getan wird daß da eine Chance ist laß niemanden der irgendeinen Weg passiert ein Zimmer belegen. Laß sie das tun, zeig ihnen jene Richtung, nimm die Sprache und verteil nicht mehr als alles von jener Auswahl, dies läßt Wissen insgesamt zunehmen und läßt die Wiederkehr des geduldigen Prunks den Schatten zeigen der da ist in jener Absicht. Dies ist nicht ein Traum. Dies hat das gleiche Ding wie die angenehme Unterhaltung und Bitte. Ein Lied ist nicht mehr als notwendig.

Wenn die Botschaft gesandt ist und empfangen und wenn die Weisen Wörter haben dann wird da bald gewiß das Mittelstück sein das nicht entfernt worden ist. Jede kleine Blume hat eine Nummer. Da ist jener Weg sich zu erkundigen.

Ein Bedauern mit mehr kommt wenn die Scheine die nicht ernst sind geschrieben wurden und die gleiche Zeit wurde genannt. Dann kommt es da nicht zu einer Überraschung sondern zu einem Ergebnis. Da ist nicht mehr als jedwede Erkundigung.

Ein Gang ist nicht wo die Tür ein Licht zeigt, ein Gang ist wo eine Bitte ist eine Beschreibung zu beschreiben. Ein Gang ist wenn ein Ort nicht auszutauschen ist. Da ist ein Respekt in jedem Gang.

Da ist ein Resultat in jedem Gang und die Biegung ist da, der Fuß und der Schuh haben jenen Verbund daß da Pantoffeln sein können. Von der Wiederkehr dessen reden zeigt daß da keine Öffnung sein wird. Da ist kein Grund den Witz auszutauschen.

Keine Besserung, kein Bergbau, kein Motto, keine Mine, keine Pinne, kein Kauf kein Salat keine Auster, keine Übung, kein Mehr, kein Gedanke, kein glücklicher Tag und das Beste ist dorten und dorten ist allerorten. Sag es alles am Morgen, verschieb es am Tag, laß es am Abend kommen, benutz die Weise jeden Tag, sag es und erfreu die Orgel, lach und bleib der gleiche, Husten geht nach Gunst, und Kommen hat einen Tag der vermag zu verweilen weil so wie so irgendwie auf jene Weise.

Voll und die Weise, ein Schütteln der Enden erbleicht nicht in dem Mehr und dann falls keine Übung da ist muß jenes da sein und jedenfalls warum sollte da ein unversöhnlicher Ersatz sein. Da ist keine Übertreibung.

Alles und eins und irgendeine Stelle um eine Goldfarbe auf Papier sich zeigen zu lassen, das ist nicht der Abend, das ist was gehört wird. Jedwede Lust ist die eine und jeder Abend ist keine Sache. Dies alles läßt jenes nicht mehr wiegen als wiederum. Da ist kein geduldiger Duft. Dies ist nicht das Zeichen der Freigabe.

Schilt nicht mehr als den Mund und dies macht jene Regelung. Da ist jener Nutzen und da ist kein Weg

und da muß jenes sein und da soll sein eine Disposition. Das ist das Zeichen. Jedwede Sprache kann nicht fremd sein.
Bretter sind nicht Ziegel und Ziegel sind nicht röter. Der Pfad eines Läufers ist das was nicht zurückgegeben wird. Genug ist auf jene Art dargelegt worden.
Häuf auf mehr Kartoffeln als Maisbrei und mehr Wurst als Huhn und ein klein wenig mehr zartes Öl als Ei und alle Eier sind frisch. So frisch und fein ist kein Verhalten wenn das ganze Ding verschwunden ist. Ein Geschmack und ein Zweig und ein Saugen des Tages und die Ruhe und der Mann und der Lärm so nässenderweise. Dies was das sieht was das beklagt was jedweden Mond färbt alle Paste ist so gerade und eine Schere hat eine gefällige Linie zu besorgen und da ist kein Schatz verborgen.
Sieh jene schmerzhafte Entbindung eines Anteils von mehr das Karos hat, sieh es und betone mehr als jedweden Nachmittag, betone eine besondere Rate.
Gefall allem Zittern wenn es an der Zeit ist aufzustehen, gefall allem und tu nichts ordentlich. So gelassen, so sehr ein Mond, so weiß und schlicht, eine Empfindung ändert sich nicht wird mehr erwähnt.
Eine Zeit zu bleiben ist wenn das Gefühl darin ist und es ist getan worden. Warum sollte keine Hoffnung mehr sein. Warum sollte sie. Es zeigt doch Gesichter und wenn da die sind ist da einer kleiner, da ist kein Grund warum ein Bart da sein sollte. Es ist meistens in Sicht und Blindheit ist befriedigend. Da ist keine Blindheit wo das Gespräch billig ist.

Lach den Korb hinein in ein kleines Glas und das Mal ist in allem bemalt. So schnell ist das Juwel und so schmutzig der Splitter daß jedweder Marsch eine Distinktion ist. Da ist jener Weg. Wenn und da ist keine Anklage, wenn der Anblick bedeutet daß sicherlich die Illumination strahlend ist dann wird sicherlich etwas erwartet von der Richtung die entgegengesetzt ist. Da ist jene Vereinigung und das Gesicht ist da. So schnell bedeutet doch ein Korken schließen und der Gürtel offen. Dies ist keine Zeit zu bleiben. Eine Zeit zum Planschen ist gar niemals mit einer Ziegelfarbe. Kein Schütteln ist zu groß für einen Kopf. Dies bedeutet nicht nachkommen. Es bedeutet daß das niemals vorbei ist. Es bedeutet mehr und es hat keinen Splitter, es bedeutet nicht Muster.
Eine blasse Rose ist ein Duft der keinen Brunnen hat, das hat auf den Kopf gestellt die gleiche Distinktion, Eleganz ist nicht gefärbt, der Schmerz ist da.
Es ist so deutlich erfreut das was betäubt ist und ausgesprochen und falls da beim Beantworten die Andeutung eines Satzes ist dann ist gewiß das ganze Ding geschmissen. Das Haus hat jene Geduld. Die Geschichte ist am Abend. Eine einzige Darbietung macht einen Hut, mehr macht nicht mehr Tuch als Fälteln.
Gleichviel da ist Schweigen, da ist Unbehagen, da ist ein Appetit, gleichviel da ist Schweigen, da ist die Weise, da ist der Geburtstag. Gleichviel jedwede Weihnacht ist näher. Gleichviel mehr Reden ist erhaben. Gleichviel da ist ein besonderer Weg. Gleichviel da ist ein halber Liter übrig. Gleichviel die Frucht ist

Quitte. Alles was da ist, ist von jener Gestalt. Die Wiederkehr ist ausgelöscht.
Ein lebenslanges Entlassen bedeutet eine Zulassung für einen jeden. Dies passiert mehr Plätze und nicht noch mehr Antlitze. Dies zeigt doch das Gelenk wenn Huhn da ist. Der Salat hat Käse und da ist kein hinzugefügter Tisch mehr. Er ist so groß daß da ein Fensterplatz ist.
So viel Beharren, so viel Ellbogenraum, so viel einzelne Autorität und fähiges Porzellan, so viel mehr und eine Kälte größer, das bedeutet daß es da Diebe hat. Irgend etwas beflecken ist nicht Unterwäsche. So schnell ist da mehr Bewegung.
Erbitte die Nutzung eines Magazins und schick mehr Kartonpapier, dies ist so ermüdend und einen Brief schreiben ist das gleiche wie eine Antwort schreiben. Mancherlei wurde manch einem gereicht.
Ein dunkler Tunnel hat keine offene Deckung und dunkel zu sein ist heller gelassen zu sein. Dies bedeutet nicht daß da ein Schatten war, es bedeutet nicht daß ein Schatten ein Gemälde hat oder eine Galerie es bedeutet einfach daß es einzigartig ist und daß da eine Erklärung ist.
Behalt ein Maß das nicht voller ist, behalt es und wirf alles weg, ein wenig Gewinn bedeutet daß Holz nicht brennt, ein wenig Gewinn bedeutet daß da keine Antwort ist, ein wenig Gewinn ist ein wenig Gewinn.
Eine Probe vom Käse zu sehen bedeutet daß die Autorität die Exzellenz mit Kratzen mischt derart ist daß ein neuer Beginn keine Schwellung hat. Alle

Weisen werden gespielt und die Stimme ist lauter. Da ist nur keine Reparatur.
Plündern und ein Appetit, Würzen und sensitives Singen dies alles läßt jenes zurückkommen. Da ist ein erhabener Winter. Da ist das.
Einen Wagen dem gleichen Stand anzupassen wie das Pressen eines jeden Knopfes bedeutet daß da eine Entscheidung ist. So viel Einigkeit zeigt schon Freundschaft. Ein Gewirr ist nicht weniger. Da sind keine Erzählungen.
Ein Haustier schier weiß wie man zeichnet. Zeichnen ist eine Sünde. Da ist kein Bild. Da ist ein Vergleich. Rundum ist die Kollektion. Da sind Teile sowieso.
Nicht Teil und nicht mehr, nicht Teil und niemals.
Niedlich und die Gestalt und all jener Abschnitt der die Zeit ist ein Jäten zu brauchen. Eine präzise Trostlosigkeit ist so zerstreut. All der Vorhang aus Fluß verläuft um grün und gelb zu sein, alles Heben ist durch Sitzen, alle Zeit ist auf den Ziegeln, da ist kein Sitz da, da ist keine Kirche da, da ist keine Kirche, da ist die nirgendwo da. Da ist kein Weinen. Da ist keine nächste Butter. Ist doch da. Da ist mehr Gestalt um niedriger zu lassen.
Ein lahmer Hocker ist einer der drei Längen hat und einen Hosenträger, da ist ein Kragen. Da ist keine Unordnung.
Wenn der kostbare Sand reich ist und da ist Eintracht dann ist da etwas. Wenn der kostbare Sand arm ist dann ist da Armut. Wenn da mehr ist dann ist das überall da. Was ist Wählen. Es ist das Prädikat wenn Krankheit da ist. Da ist keine Übelkeit da ist eine

Packung. Sind die Augen feiner. Sie sind da gestern. Sie betreten das Wetter.
Blitzen hat nichts zu bedeuten, Ährenlesen läßt Wählen absteigen, Brot hat Ursprung, ein Geschmack breitet sich aus. Da war einmal ein Heber bereit gemacht. Da war einmal ein Geburtstag. Da war ein verkäuflicher Nachmittag. Da war kein Betrüger. Da war keiner.
Ein kleines Ding zum Einsenden und habe eine Pein vom Singen, ein kleines Ding und keine Leute die willens sind signalisieren, keine Leute haben Bedarf an Schuhen, alle sagen was sie tun, dies bedeutet nicht daß Hüpfen Schaukeln ist. Es tut das in der Zwischenzeit. Es tut das da herzlich. Herzlichkeit ist das gleiche Prinzip. Es ist keine Herausforderung. Es ist nicht mehr eine Kirche. Es ist nicht am meisten ein Kreis. Es ist nicht ein Vestibül. Es ist ein einziger Ort mit wachsendem Gras. Gras hat es nicht verdient. Es hat alles das zu zeigen. Es zeigt eine ausgewiesene Wiese. Es ist nicht vom Bäcker. Angeln ist hastig. Da ist eine Entscheidung. Alles Gestern ist vorbei.
Eine Seite von keinen Adressen bedeutet nicht einen Mißgriff es bedeutet daß dort Orte sind wo die ganze Familie froh ist gemeinsam zu essen. Dies ist nicht ein Zeichen von Zorn es ist der notwendige Sonnenschein auf dem Lande und gefällig zu sein ist so nah daß da kein Wandel ist. Das letzte Mal daß da eine Adresse war war da kein Wandel. Falls die einen sich abwandten aßen sie an einem kleinen Ort und aßen dort. Falls sie nicht zeigten daß sie es genossen. Sie erfreuten jenes am meisten und sie sammelten jenes da und da

war eine Hoffnung und eine stille Zeit war nicht gegenwärtig. Da war keine Erklärung. Da war dic Hoffnung daß die Überreste kürzlich für jenes sein und am besten näher genommen und nicht in die gleiche Zeit verbracht werden. Dies machte den Wandel stationär und wirklich jedwede Autorität ist in der Sprache und Singen ist nicht ein Opfer, da ist kein Witz, die Zeit ist die gleiche und der Ort ist nicht vermietet, da ist ein kleines viereckiges Zentrum und kein Zentrum, da ist ein einfacher Nachtisch, jedweder Käse ist dunkler, jedweder Fisch ist heller, das gleiche Ding ist der Ort in Unordnung, die gleiche Zeit ist morgen, da ist kein Datum zum Heiraten wenn Heiraten ersetzt wird durch das was machen zu lassen machen gelassen worden ist. Da ist kein Zweifel an der Erwähnung dessen und da ist ein Geschmack von der Bedeutung die keine Vergeudung ist. Da war ein Austausch in der Entscheidung. Allerseits ist reichlich wenn es da an der Zeit ist einen Papst zu wählen, da ist keine Wahl da dann, da ist kein Verstand in einem Kellner. Wenn die Zeit jene Note hat dann bedeutet gewiß die Wahl eines Sitzes daß zwei nicht genommen werden. Die Zeit ist gegeben und die Einladung ist nicht rosa wenn da Wasser ist. Das kleine Bund ist nicht bekannt und mehr wird erwähnt. Alles davon.

Ein dunkles Netz ist nicht ein Schleier und ein Schleier ist nicht lang, er ist nicht länger als folgende Wiederholung. Zugegeben daß da eine Stunde ist die eine halbe nach sechs ist, das zugegeben bedeutet das daß es da irgendwie von Nutzen ist willens zu sein kein weiteres Treffen zu haben, und doch es muß etwas bedeuten und fast jedwedes ist jenes und es ist sehr wahrscheinlich, es ist höchstwahrscheinlich daß da die Zeit ist und der Ort, es ist höchstwahrscheinlich nicht oft, es ist höchstwahrscheinlich daß da ein längeres Tageslicht ist, es ist höchstwahrscheinlich.

Schinken und Sellerie und Huhn, ein Rostbraten schmort, der Schinken wenn er eindickt drückt Roastbeef hinein in eine Mayonnaisesoße. Da ist Öl, da ist Kuchen, da ist Huhn. Keine Abwesenheit ist holder.

Ganz recht jene Sache zu diskutieren ganz recht und die Natur ist holder wenn da keine Wahl ist beim Küssen. Es ist holder und Samstagabend mischt sich borgt sich jemand, borgt sich nicht jemand, will sagen da ist ein Angebot.

Alle haben ein Ding gern, alle haben Winken gern, alle haben Denken gern, alle haben Sinken gern, alle haben das gern, alle haben ein Ding gern, alle haben Massieren gern, alle haben Denken gern, alle haben das gern, alle haben eine Vision gern, alle haben das gern, alle haben Unterscheiden gern, alle haben das gern, alle haben das Ding gern, alle haben das gern, alle haben Denken gern.

Keine alten Krämpfe, keine alten Neuigkeiten, alles ist naß und da ist keine Zeit in einem Tag. Jeder Tag ist nicht weg. Der Morgen ist früher. Wenn der Morgen früher ist dann ist die Gewohnheit verbreitet, sie ist verbreitet und da ist eine ganze Reihe. Jede Reihe hat ein Erdbeben, jeder Ring hat eine Farbe, jedes Stück das da ist ist so verschieden wie es das ist wenn da ein Vergleich ist indem sie alle zusammengebracht werden. So eigenartig zu sein zeigt daß da ein Unterschied ist im Kopieren und Kopieren ist ein Bild kopieren, und Kopieren ist ein Stück Zukker kopieren, und Kopieren ist Porzellan kopieren. Alles Kopieren ist so arrangiert daß da kein Zittern ist wenn Freude füllend ist. All die Zeit die Traurigkeit hat ist die Zeit die Traurigkeit ist. All die Laune ist am Platze, Dunkelheit sieht nicht so aus. Keine Sorge ist geliehen für die Folge freundlicher Geschäftsvermittlung. Eine Forschung bedeutet mehr. Da ist ein Grund in extremer Anerkennung. Kein Platz ist eingenommen. Zeit läutet für Glocken und nichts zerbrechen stört das Drängen. Da ist ein Stück.

Ein Zimmer, ein Papier, eine Feige, ein Rennen, ein Giftkelch, eine Spur von einem Hut, dies alles zusammen ist kein Verschwinden. Die Freude herrscht vor und Sonntag ist die Saison. Das Ende ist jenseits davon.

Wenn da keine Frage ist und eine Antwort ist keine Toilette, wenn da keine Frage ist ist da irgendeine Seltsamkeit in einem Garten. Gewiß nicht, die Gefahr ist nicht irgendeine Farbe. Es hat das Blühen und das Zeichen eines frühen Sommers. Da ist keine Notwendigkeit irgend etwas zu entstellen. Eine Flucht ist nicht nötig.

Da ist eine Frage. Indem eine Frage nicht gestellt wird ist die Erlaubnis die anhält so höflich daß da kein Mondschein ist. Die Zeit hält den Regen davon ab mehr zu verblüffen als ein Tagebuch. Dies zeigt daß

da keine Frage ist und eine Antwort ist kein Treffen.
Das Ziel dann besteht darin dort so viel frischen Entsatz einrücken zu lassen daß das Vorrücken simultan ist und gewiß ist da wenn der gleiche Schritt da ist kein Verrat. Der Austausch wird mit einem Boot angebetet. Da ist keine Zeit im Gebrauch von Geld. Ein wenig bedeutet mehr von jener gleichen Vervielfachung und in jedem Fall kam da jene Zeit. Da ist kein Kummer und dies bedeutet nicht daß da jene Abwesenheit ist, es bedeutet nicht einmal mehr, es bedeutet daß ein Wandel sich einwickelt. Es bedeutet nicht daß es existiert.
Eine Weise ist Prunk und eine Wende ist das was ein Mal auf dem Boden nicht kasteit. So viel Sonne ist nicht ein Sonnenstrahl. So viel Klarheit ist nicht erstickend. Sicherlich ist die Darstellung einer ungeliebten Füllung nicht verhaßter als die Menschheit. Der Gedanke der eine Flucht bestimmt ist die Festigkeit einer Pflanze die nicht kocht. Alle Zeit welche von Nutzen ist ist jene welche wenn der Wandel die gleiche Ähnlichkeit hat wie mancher Ursprung keine Mischung von mehr Krönung zeigt. Die Notwendigkeit ist nicht uneinnehmend und das gewinnen ist was beim Inszenieren das Hindernis ist. Es ist kein Ort wenn der Korb dort ist und Körbe haben kein rosa Band, sie haben Glas. Ein Stück des gleichen ist billiger.
Ganz gleich da ist ein außergewöhnlicher Nutzen der Spitze des Wiedersprengers. Es bedeutet nicht das gleiche wie die Zukunft. Da ist jene Qualität.

Ein Rosa und das ist eine Blume und duftend, ein Rosa und der Name ist anders und hat manches wenn da eine Intonation ist, ein Rosa und das Gerücht hat sich nicht verbreitet, es ist gewöhnlich. Wenn ja und die Opposition ist erstaunlich, dann ist da sicherlich jene Destruktion und kein Verdacht ist mehr, da ist ein Bericht. Ganz gleich da ist mehr Nervosität als Retraktion und mehr in sich denn außer sich und auf jeden Fall ist ein Name da. Zwei von denen sind die gleichen.
War die Explosion jene Autorität, gelang sie besser als gestern, war da morgen davor, dies sind nicht Fragen die sich stellen, sie existieren nicht wenn sie fehlen, sie werden so angewandt daß da kein Witz ist, da ist kein Vergnügen. Ganz gleich der Standard ist da und die Trennung hat eine Stellung, sie hat keine Zurückweisung, sie hat keine eilende Zentralisierung, sie hat nichts da. Wenn da zu sein erwähnt wird dann ist die ganze Reaktion die Gelegenheit. So ist es und da ist mehr. Da ist keine Antwort. Da ist Wenden. Wenden ist nicht ein Opfer, es hat keinen Schutz, es hat keine Autorität, es hat ein Rezept.
Zeit festzustellen und zu umkreisen das ganze Ding daß es eine Insel ist und nicht Wasser, dies ist die Saison zum Angeln und durch und im Umkreisen ist da keine Oberfläche, da ist alles das was da ist und die Zeit für Regen ist nicht die Zeit Schwimmen zu stationieren. Dies ist keine Schande.
Ganz gleich da ist ein glänzendes Stück von besonderem sanftem saurem und seidenem Futter, das ist da und da ist ein Mißgriff. Ein Objekt wird nicht mehr

benutzt als eine Mixtur und sicherlich wenn die Zeit gewählt war war es nicht da neben der rasch verkaufenden Mutter von bunter Bekleidung, und doch da ist kein Verkauf und da ist ein Grund, da ist der Grund daß jedwedes das Zeichen ist eines Nutzens und nichts nutzen ist eine spitze Auswahl, es ist mehr als das, es ist Sammeln.
Dies bedeutet nicht daß Altertum mehr Altertum ist, es bedeutet daß der Ursprung des Essens das Essen ist und die Erneuerung des Watens ist nicht Schwimmen. Es bedeutet das nicht, es bedeutet daß die Zeit und der Ort und mehr so befriedigt ist daß da kein Ort ist und jedweder Ort ist kein Urlaub. Und doch das ist nicht so schmal und aktuell, ganz und gar nicht, wenn es das wäre und das ist es, wenn es das wäre dann würden sie gewiß das Ergebnis feiern, sie tun es nicht das heißt einer tut es wenn da nichts ist, der andere tut es wenn da nichts ist. Da ist jenes Etablissement wenn da kein Land ist und jedwedes Land das die Linie zeigt ist jenes und ist eines. Jedwede extra Art und Weise ist die Art und Weise des Sprechens. Nichts mehr ist da nicht von Nutzen.

Der König oder so ähnlich (Das Publikum ist aufgefordert zu tanzen)

Laß mich mal sehn.
Kommt zusammen wenn ihr könnt.
Halt es höher. Du meinst den See.
Was war das noch für eine komische Sache die du gesagt hast.
Ich lerne gerade eine Bremse sagen.
Ich lerne gerade eine Kupplung sagen.
Ich lerne gerade es auf Französisch sagen. Ein Haus oder Löwen.
Ein junger Löwe sieht aus wie ein Hund. Wir lachen.
Ich bin nicht zufrieden.
Du mußt fühlen was du schreibst.

Seite II

Ich höre ein Geräusch.

Seite III

Hab ich gesagt ich sei Mechaniker und Chauffeur aber nicht aus den arbeitenden Klassen nicht aus der Klasse der arbeitenden Klassen. Ich sah eine Beerdigung. Die ganze Straße entlang. Dies ist nicht die Amtseinführung. Es war Sonntag. Cook sagte es tue ihm leid er fuhr uns dorthin.

Seite IV

Laß mich mal sehn.
Nellie hat ein Geschenk.

Seite V

Macht es dir etwas aus wessen Präsente.
Wir haben sie ja nicht hergebracht.

Seite VI

Mit der Hand.

Seite VII

Nellie.

Seite VIII

Nun denn gestern.
Nun denn für heute.

Nellie ist arm will sagen sie gibt nicht mehr Geld aus.
Josephine und Genevieve.
Ein Kelch.
Ich bin so glücklich.
Beim Geschenkezählen.
Ja.
Und beim keramischen Mischen.
Du meinst nicht du machst sie.
Oh nein ich verschenk sie.
Oh ja.

Seite IX

Hattest du dich über dies gefreut.
Hast du Gefallen an blauen Blumen. Ja wenn du sie pflückst. Wir wollen sie zusammen pflücken.

Seite X

Nicht nachdem du fahren lernst.

Seite XI

Das nicht.
Heute das nicht.

Seite XII

Als nächstes kommt.
Als nächstes kommt für mich.
Ich spreche prächtig.

Sag es soll kommen ägyptisch.
Ich meine böhmisch.
Vögel sind nicht sehr ermüdet.
Jungen werden vorbereitet.
Lach und sieh.
Versuch es nicht noch mal.
Ich möchte da wäre ein Markt für Stühle.
Meinst du das damit.

Seite XIII

Ich will nicht ja sagen.

Seite XIV

Zwei Köche.
Irgend zwei Köche zusammen.
Entlaß alle Diener.
Das tat sie.

Seite XV

Wir nicht.
Erlaube mir nicht übereinzustimmen.

Seite XVI

Hast du gesagt es hat.

Seite XVIII

Sehr wahrscheinlich ist es mir entgangen.

Seite XIX

Drehn drehn.

Seite XX

Du darfst dich nie selbst zur Eile treiben.
Wirklich nicht.
Jetzt verstehe ich.

Seite XXI

Denk eine Minute denk eine Minute nach.

Seite XXII

Wart eine Minute.
Wann wirst du dich meiner entsinnen.
Morgen.
Ja.
Morgen.
Ja.

Seite XXIII

Ein glänzendes Beispiel von guter Behandlung.

Seite XXIV

War ein kleiner Apfel aß.
Ein kleines Baby das ist naß.
Naß von Küssen.
War eine gute dicke Kuh die kam.
Aus einem kleinen Baby nennt es stramm.
Stramm mit Küssen.
Wird eine gute Kuh sein die kommt dann.
Aus einem kleinen Baby zweifel nicht dran.
So wenig wie sie bedeckt mit Küssen.
Sie ist miß es.
Das isses.

Seite XXV

Siebzig Feigen.
Äpfel sind knapp.
Melonen haben keinen guten Geschmack.
Hühner sind sehr gut.

Seite XXVI

Eine kleine Neigung zum Hotel Alcazar.
Eine kleine Neigung sagtest du ich nehme Unterricht dazu.
Das tust du ja.
Konvokation.

Seite XXVII

Wolltest du ich sollte Kirchen erwähnen.
Würdest du bitte.

Seite XXVIII

Umliegende Städte.
Selbstsüchtige Katzen.
Und Vögel.
Vögel fliegen.
Automobile auch.
Hör mir zu wenn ich rede.
Denn ich rede.
Ich verabscheue sogar Himbeeressig.
Wir hatten ihn immer in Kalifornien.

Seite XXIX

Lizzie sagt ja.
Sie hatte ein Kind.

Seite XXX

Bist du elend.

Seite XXXI

Ich wechsle den Ort.
Ganz und gar nicht.
Ich werde mich setzen.

Dies ist der Ort für mich.
Dich hat nicht irgendeiner.
Beleidigt.
Ein jeder sagt oh ja.
Und ich bin hocherfreut.

Seite XXXII

Ja oh ja.

Seite XXXIII

Weißt du wo du.
Heute bleibst.
Ich weiß was ich kaufte.

Seite XXXIV

Haltung Mr. Louis.
Ich sage Haltung Mr. Louis.
Platte Schmerzen eben.

Seite XXXV

Schlichte Könige.
Nachmittagswachen.
Wolken im Sommer.
Regen.
Kübelblumen.
Ich meine nicht weiße Blumen.

Seite XXXVI

Trau mir Wünsche zu.
Das tu ich.
Das will ich.

Seite XXXVII

Warum fängt er nicht an.

Seite XXXVIII

Haufenweise Seiten.

Seite XXXIX

Nacht heutzutag.
Heute nacht heutzutag.
Ich kann beim Sitzen sinken.
Nimm einen Vorwurf.

Seite XL

Warum gedenkst anzugreifen.

Seite XLI

Die Kuh.
Ja Caesaren.
Die Kuh.

Oh gesegnet gesegnet gesegnet du Planer und Verteiler und Freude.
Meine Freude.
Die Kuh.

Seite XLII

Solch ein erfolgreicher Morgen Nachmittag.

Seite XLIII

Genau wie der des Prinzen.

Seite XLIV

Seitenweise speisen.

Seite XLV

Seitenweise heizen.

Seite XLVI

Kein warnendes Wort an sie.

Seite XLVII

Ich mache schwache Kräcker.
Kräftig bei der Geburt.
Mutwillig beim Argument.
Plante mich zu nehmen.

Soldatenwünsche.
Wir wünschen ein Automobil.
Wir haben Boxen.
Stallungen.
In Wetterflecken.
Meinst du das. Wir alle meinen das. Ruf uns Pferde.
Wir fürchten uns vor Pferden.

Seite XLVIII

Sing mir entschlossen vor.
Mr. Louis sagt nicht.
Joseph.

Seite XLIX

Ich habe unendliche Geduld.

Seite L

Zähl in Orten.
Warum benötigst du Nebeneinnahmen.
Weil Mobiliar schwer ist.
Es ist hier schwer.
Und leicht in der Eile des nötigen Wassers.
Warum befriedigst du sie.
Ich befriedige sie mit Löchern.
Wir waren böse auf Schiefer.
Du meinst Dächer.
Dächer und Nationen.

Seite LI

Kannst du mich loben.
Kannst du mich loben.

Seite LII

Nominell generell.

Seite LIII

Dies ist ein Ufer.

Seite LIV

Große bürgerliche Schicksale.

Seite LV

Komm zu mir Louisa in einer Limousine.
Wir waren spazieren.
Wir waren spazieren und konversieren.

Seite LVI

Reich braune Eier.
Mir zu.

Seite LVII

Hast du blendende Perlen.
Haben wir blendende Perlen.

Seite LVIII

Ich denke immer es ist das beste.
Dies.
Und der Name.

Seite LIX

Ruf mich für die Möglichkeit.
Behelligt dich das Mondlicht.
Es behelligt mich hier.

Seite LX

Dies ist der Weg zu weisen.
Das ist der Weg.

Seite LXI

Nicht ein griechischer Gott.
Wie sagst du das.

Seite LXII

Ich habe einen Namen.
Sie hat den nämlichen.

Ausdruck.
Sie sieht aus wie der Soldat.
Und wir sind auch fad.

Seite LXIII

Ich kann sie gerade sehen bei ihrer Prozession.
Ich werde kein Stück schreiben.
Freundlichen Dank für deine freundlichen Wünsche.

Seite LXIV

Laß mich die Schaluppe sehn.
Wir gebrauchten das Wort gebräuchlicherweise zuvor.
Am Abend und sie trafen auf Aufmerksamkeit.

Seite LXV

Ich las von einem Stern.
Ich hörte einen Stern.
Ich sah einen Stern.
Ich hör einen Stern.
Ich seh ihn.
Wo denn du.
Da.
Siehst du nicht.
Es ist ein Flugzeug.
Oh ja ich hab es schon gehört.
Ich auch.
Ich mach mir eh nichts draus.

Wir aber.
Das ist durchaus natürlich.
Komm wieder.

Seite LXVI

Kratzt ihren Kopf.
Marcel.
Oh Marcel.
Flecken.
Reiniger.
Nonnen.
Wünsche.
Verfehlt sie denn den Gegenstand.
Ich liebe was ich fühle.
Folette.
Hör.
Mrs. Beffa.
Wie heißt denn das Mädchen.
Ich wünschte ich hätte ein solches Kind.

Seite LXVII

Kann ich mit dir für seine Schwester reden.
Dies ist was ich mir gerne denke.
Ja selbstverständlich.

Seite LXVIII

Du verstehst unseren Groll nicht.
Wir verstehen ihre Gegenstände nicht.

Sie ärgern sich nicht gegenseitig.
Wir haben Flüge in Flugzeugen in Buke. Buchstabier es mit einem t.
Hörtest du mich wünschen.
Ich wünsche mir wegzugehn.
Erwarte Muriel.
Wir erwarten Muriel.
Mrs. Tudor erwartet Muriel. Wir haben keine solchen Wünsche. Wir wünschen uns zu hören daß sie einen anderen Namen hat, Ethel oder Muriel.

Seite LXIX

Manche Leute lassen mit Leinen heizen.

Seite LXX

Kannst du es aussprechen.

Seite LXXI

Kannst du einsehn warum ich inspiriert bin.
Ich kann die Ursache der Inspiration erkennen.
Das können sehr viele Leute.
Das ist lachhaft.
Komm gefällig.
Und sing für mich.

Seite LXXII

Grafen und zählen.
Krieg Freiheit und Erfolg.
Das Fenster sagt dann und dort ist eine Weigerung.
Laß dies Millionären eine Lehre sein.

Seite LXXIII

Ernest sagt daß sie kein Geld geben werden.
Sie sind nicht wohltätig.

Seite LXXIV

Komm Verbind Uns.

Seite LXXV

Führ ihn zu mir.

Seite LXXVI

Komm zu mir ohne Müh.
Komm zu mir dort und erzähl mir von Ansprachen.
Ansprachen und meinem Vetter.
Er wird den Laster nicht schicken.
Ja er wird den Laster schicken.
Und wenn er kann.
Kann er ihn schicken.

Seite LXXVII

Wenn sie kommt hinterläßt sie dann ihre Küche schmutzig.
Wenn sie kommt putzt sie dann das Silber.
Wenn sie kommt sagen sie alle dann wie geht es euch.
Dies scheint sehr wenig nach alledem.

Seite LXXVIII

Wenn sie kommt sag ja.
Wenn sie kommt sag sie ist.

Seite LXXIX

Wenn sie kommt sag er ist.

Seite LXXX

Ich mag nicht Geschichten die in eine Geschichte verwickelt sind. Dies ist ein Beispiel das farbige Regiment. Ja ist mir klar. Selbstverständlich kannst du darüber verärgert sein.

Seite LXXXI

Eine glänzende Attraktion und ein Besucher. Tat es ihr leid.

Seite LXXXII

Wieviel hat Harriet bezahlt für ihre Kostüme.

Seite LXXXIII

Kannst du über mich nachdenken.

Seite LXXXIV

Denkst du über die Chinesen nach.

Seite LXXXV

Kannst du essen.

Seite LXXXVI

Ißt du auch.

Seite LXXXVII

Laß sie allein.

Seite LXXXVIII

Kannst du schläfrig sein wollen.

Seite LXXXIX

Kannst du es nicht unterlassen zu antworten.
Ja das kann ich.

Seite XC

Ein gebildetes Merkmal.
Gebildet in Muße.
Du kannst ihn nicht verachten. Kannst du ihn verachten.

Seite XCI

Ich möchte einfach sein und denken.

Seite XCII

Du bist schon sehr bereit es zu tun. Nein das glaube ich nicht.

Seite XCIII

Kannst du weise sein.
Kannst du sehr willkommen sein.
Kannst du sehr willkommen sein einen Winter zu erwähnen.
An einen Winter glauben. Ja das tun wir.

Seite XCIV

Kannst du Stationen errichten. Hier kann ich Stationen errichten.

Seite XCV

Kannst du einen Rat geben.
Kannst du ihm einen Rat geben.

Seite XCVI

Kannst du ihr einen Rat geben.

Seite XCVII

Was sagt der Nigger heutzutag.

Finis

Verleger, die Portraitgalerie und die Manuskripte im Britischen Museum

Die Antwort im Haus ist daß Reden nicht das gleiche ist wie ein Lamm. So war das die Weise zu der es kam und die zweite Antwort kam vor der ersten.
Das gesamte Teil wurde verteilt und die Auswahl von mehr fand nicht statt ehe der Anblick so eigentümlich war daß jeder Brief eine Unterschrift hat. Dies was eben ist ist nicht die ganze Seite, da ist mehr was eben ist, sehr viel mehr und jedes Format ist größer.
Strahlen ist nicht scheinen ein Auge zu haben das dort ist und ein Haar das gefärbt ist, strahlen ist nicht so gestört daß jedweder Nachmittag nicht früher ist als der nächste Morgen. Dies war so nützlich und die Entschuldigung wurde nicht zwischen den Hotels angebracht, sie wurde gar nicht irgendwo angebracht. Dies ist das Datum mancher Tage in jeder Woche, und der Morgen ist vor Mittag. So einfach und so seltsam, um soviel mehr avanciert, um soviel mehr innerlich und so viel mehr Husten als Lernen, so sehr viel mehr und doch ist da keine Enttäuschung, gar keine Enttäuschung.

Die nette Art auf die ein gewisser Ort am Sonntag offen ist und nicht am Dienstag bedeutet nicht daß eine Einladung nicht kommen wird. Ganz und gar nicht, da ist mehr Stuhl da als Stehen erschöpft.
So ist denn der ganze Frühling früher als Februar. Dies war so sehr der Schweif des vorigen Untergangs der Sonne und des Mondes und mancher der Sterne. Elektrische Beleuchtung ist so üblich und mehr Hochzeiten werden gefeiert anstatt des Erntedanks.
Ein Ziel und ein rundes Gesicht, ein Bart der nicht weißer ist, der Mittelpunkt alles dessen ist jene Ähnlichkeit und sicherlich ist da jenes zu vertreiben und die gleiche Entscheidung zu treffen. Sicherlich ist da jene Ähnlichkeit und sicherlich haben jene die alleine stehen jenes Exemplar. Sicherlich ist da die sichere Überredung. Sicherlich ist da Gefahr.
So zu bewegen und zu ermatten und die Listen zusammen zu trennen, so zu verlängern und zu verkürzen und die gleiche Richtung zu krümmen, so jede Tochter zu messen und jede Schwester zu mindern und jede Mutter zu meistern und jeden Bruder zu teilen und einen Vater zu unternehmen und einen Geliebten anzustrahlen so zu singen und so zu reden und so die ganze Linie zusammen zu ändern, alles dies und jedwede Schau ist die Art und Weise die Natur reifen zu lassen und es alles zusammen zu haben bedeutet das gleiche in jedem Brief.
Dies was nicht so fremd ist wird um so mehr gebraucht und ist darin freundlicherweise ein Gesicht ist da mehr Ähnlichkeit als wenn es geschrieben wäre

und dann kommt die Zeit zu schauen und da ist es, da ist die Schrift.
So erstaunlich ist es nicht wenn da Bewahrung gewesen ist. Der Lärm der kommt hat keine entscheidende Verpflichtung und doch das ganze Datum ist genau das gleiche. So süß sind die einzigartigen Freuden der Anerkennung. Die Kraft des Ortes bedeutet nicht mehr als alles. Manche haben keinen Abgeschmack.
Verkette den Hut und den Mantel und den Kragen, hab das Haar und die Augen und die Farbe, sieh die Zeit und den Tee und alles zusammen und sei nicht einzigartig genug, und so ist das da zu schauen und der einzelne Pflanzer hat den Rest als Historie. Er erzählte es nicht indem er ihm mehr Raum gab als Tuch. So früh ist es nicht.
Sattle die simple Schwäre ohne den Hauch lahmer Verzweiflung und berühr nicht die Haare denn da ist der Nutzen all jener Pause. So lieblich ist es wahr daß Niedlichkeit nicht heißt die Locken sind echt und doch da ist absolut keines, absolut kein Puder. So wird der Ort nicht für den Tee genutzt und das letzte Wasser ist nicht kochender als es heikel ist.
Schmoll nirgendwo und ändere nicht jenen Raum, das ist der Weg die Zeit zu nutzen und Bergbaubilder zu kaufen. Die kleine Dunkelheit und keine große Lampe, alles Licht zusammengenommen macht nicht alles fremd. Erfreu das Tageslicht, zeig den Ruinen daß Wasser da ist, stör nicht die Lampe, mach mehr Lärm als Ruhen und was mehr verändert ist ist verän-

dert und eine Einigung zeigt das Rosa als nicht röter. All jene Ähnlichkeit ist nicht mehr in Frage gestellt als keine Antwort. Keine einzige weitere Wahl ist derart bestimmt, und doch, warum ist die Jahreszeit derart verwurzelt im frühen Morgen wenn der Mittag nicht später ist. Da ist immer eine Wiederkehr irgendeiner Antwort.
Friede und der Morgen und die Schau irgendeines Abends, eine Spiegelung und der gefällige Zustand der Natur, dies macht so viel Schulden daß da kein Name ist irgendwo. So angenehm ist Verhängnis, so uralt ist es alt genug zu sein in der Sache.
Vergib eine Kurve im Kollaps und da ist kein Rückzug und das was sicher ist hat manchen Weg jedwedes Gehen zu bewahren. All die Zeit hat eine vollendete Unterstaffage und das hat auch der Zugang zu einer verbleibenden Auflage.
Ein Auge zu werfen, die Ecke zu richten, einen Segen zu geben, und eine Villa zu durchsuchen, den Mittag zu überreden und Harmonie herzustellen, die Ursache die die Erwähnung ist ist nicht mehr gequält als sonst etwas. So ist dann da eine Erinnerung, da ist ein Steinheim, da ist keine Schwäche.
Deutlich und ein Juwel, einzeln und alle vier, der Stiel, der Stein, der glückliche Weg, der einzige Segen des Sehnens bald, die gewährte Sitte den Raum zu verlassen, dies alles und kein weißes Licht ist nicht mehr trüb als jede Kerze und viele von denen machen die Beleuchtung sanfter, sie schwinden im ganzen, sie bringen die Sonne zum Reifen, sie bringen die Kirne zum Blühen, sie bringen in einer Pflanze unter. Dies

war keine Stauchung, dies war die königliche Brosche.
Ein Besen und ein Fenster, sie beide geäußert sind so schlicht daß da mehr Platz ist und sehr viel mehr Eile und doch da ist eine Änderung der Adresse, dies steht geschrieben. So stand es bewußt wird da nicht sein wenn der Umschlag größer ist. Die gleiche Vereinigung ist stärker. Ein Nachmittag ist schwächer. Das war die Zeit und dann ist da am Abend Dinner und später, irgendwann später ist da mehr als eine Ecke, da ist ein Feuer, da ist das, da ist kein angenehmer Platz in mehr Feuer. Dann kam das was ein Klavier verschob, dann kam das und da war eine ganze Kollektion. Die Frage wurde nicht zurückgehalten. Da war das zu tun und arrangiert wird durch Trennung. Dies ist gelb und braun ist eine Farbe. Friede ist ausgeruht wenn er besetzt ist.
Wenn die drei eins sind haben sie keine Stimmen, das heißt nicht mehr als da alle von ihnen vier sind. Mehr wird nicht reguliert und doch da ist eine Einführung, da sind Grade, da ist früheres Drücken, da ist der Wandel eines Puddings. Alles ist nicht irgend eine Einmischung einer Messe und der scharfe Klumpen wird nicht verschattet durch irgendeine Sonne.
Pflanz die Eintracht einer Frage später, alle Zeit hat jenen Wandel, die rosa Länge und das Satininventar dies macht nicht irgendeine Frage ungewiß. Eine Frage falls da keine Antwort ist ist eine Frage zu der da keine Antwort ist. Mehr zu orten ist immer ein Weg.
Verweis die teilweise Lust an ihren Platz und sieh

nicht mehr als die Stadt. Falls die Stadt flieht und ein Gebäude sieht wird sie befriedigt sein. Das ist sie.
Wenn das Tempo da ist und da ist rosa Farbe ist da blasses Rosa, da ist eine Farbe.
Alle beiden Körbe und die kleinen Äpfel und alles was von gleichen Maßen der Größe nach ist haben soviel verborgen was nicht Papier ist so sehr viel und sie denken außer Sicht. Das tun sie.
So wehmütig und so sorgfältig und so viele kleine Räume und so weitgehend alle Zeit, und so zugespitzt und so halb und das Ganze welches da ist hat die andere Seite des Heftens und die Zeit den Rest zu haben ist nicht was da zu lassen ist. Ein Urlaub ist nicht nötig, ein Bündel ist nicht nötig, ein genaues Ergebnis von mehr als einem Beispiel ist nicht so verschieden wenn die Teilung die gleiche ist.
Schüre die Schuld wenn die Zuflucht im Wasser ist, drück aus jene Erregung wenn die Farbe da ist zu verblassen, sieh nicht mehr und liebe den Rest, der ganze empfindliche Teil ist laufend, der ganze flüssige Geschmack ist gemäßigt, die ganze Zeit und da ist das, die ganze Zeit hat einzig Wasser. Dies ist nicht die einzige Hast, da ist so viel davon einsam, Wasser hat niemals so viel daß ein klein wenig mehr Wasser ist. Keine artige Dame hat die Zeit, kein süßer Trog verweilt noch länger.
Jedwede zwei die die gleiche Zeit sehen sind diejenigen die nicht expektorieren und dies bedeutet nicht es ist Gewohnheit, es bedeutet nicht mehr als daß manchmal inbegriffen ist wenn da mal keine Zeit ist Steingut abzustellen. Gewiß ist da eine Bagatelle, jed-

weder weiß was da ist wenn da der ganze Tisch ist, das bedeutet nicht daß da eine Kollektion ist, das bedeutet nicht mehr als der Ort klopfte. Nicht ein einziges kleines Stück von dem Rot macht eine gelbe Farbe, und gelb ist das um so mehr als sonst irgendwas. So räsonierend sie sind und sie schließen eine Flasche.
Nicht so lieblich wie eine Flasche, nicht so lieblich irgendwo.
Verlangend und scharf zu schauen zeigt eine Prädisposition an. Falls da eine Erinnerung ist nützt es da nichts vorzuschlagen zu beleidigen.
Angenehm und ein Intervall das leer ist und da ist kein leerer Weg um von neuem zu beginnen. Dies was einen Appetit größer macht macht doch das Reisen leicht.
Alle Unterlagen und die meisten Unterlagen werden nicht da geführt wo mehr Leichtigkeit ist als da Heim ist. Es sagt mehr und es bedeutet das auch. Das tut es gewiß.
So ist denn da ein Schatten des Vergnügens vernünftiger Ausrufung. Da ist, da ist die strahlende Eiche und das Ausgeben von mehr Geld und dann die Antwort, die ganze Antwort, bedeutet das daß die Gelegenheit geboten wird oder bedeutet es daß keine Auktion irgendeinen Kreis hat. Wie ist es denn. Es ist wie der ganze verläßliche Punkt der kein Maß hat, es ist das gepreßte Blatt und da ist gar nichts was zeigt was verpflichtend ist, überhaupt nichts und mehr Organe und ein kleines Licht und so viel Verbindung einer Industrie alles das führt nicht an einen Rand, das doch, es hat die Praxis und die Musik, es hat nicht

mehr gebogenes Holz als jedweder Zug der nicht brennt, hat es nicht, es macht doch eine Freude.
Ins Antlitz von Augen schauen bedeutet der seltsamste Elefant. Ins gleiche Gebiß schauen bedeutet die Präsenz von einem Sitz.
Alles Reden und alles Licht bedeutet das gleiche Ergebnis von Stimme und ein Festkörper bedeutet dann eine Träne und dann eine Träne. Wähl das Geld wenn da mehr Ergebnis ist und alles schlichtere Bleiben für den Abend. Dies bedeutet das was neugierig ist hat mehr Kürze als Sprache und mehr Hoffnung als Hängen. Sicherlich wird der Abschnitt verbunden und der Wandel hat noch nicht stattgefunden. Sicherlich ist der Name erwähnt worden.
Er hat es, er ist der Sohn und die Mutter, er hat es, da ist kein dunklerer Bruder, er hat es. Er hat es und die Länge ist nicht vergiftet, er ist der weite besondere hauptsächliche Beschützer. Er verkauft es billiger.
Er verweigert doch nicht einen kürzeren Brief. Er sieht doch das Wiederaufleben des Einklangs. Er schlägt wohl eine Partie aus, er berechtigt das wohl doch.
Er welcher der Sinn Mann in der Geschichte zur rechten Zeit ist, er und der Schwächere ist versessener, er ist der Gelobte und der Lober, er spricht nicht je wartend je schwächer. Er spricht wohl wenn da eine Musterentgegnung ist. Er spielt mehr Torte als die Teezeit. Er ist da zum Dinner. Er dampft sowieso nicht ab. Er hat den Staat. Er hat die anhaltende Sorge auszuhalten. Er ist so zart. Er ist das Glied und ließ Licht links.

Die gleiche Jahreszeit macht den Mond fremd, das gleiche Sonnenlicht ist Oktober, das gleiche Stapeln des einzelnen Glasstempels macht keine Monotonie. Da ist keine Entgegnung. Das Ende ist in der großen Teilung zwischen dem Zählen und dem Blühen eine Glasabdeckung zu passieren. Falls es verlassen wäre und auf eine Weise war es verlassen, falls es verlassen wäre dann würde die Bedeutung sein daß da Hoffnung war und Hoffnung die aktiv ist führt dazu daß da jemand ist der da bleibt und es sagt und das tuend warum sollte es eine Passage bestimmen, das sollte es. Wenn es das sollte und da ist mehr da dann sind gewiß alle von denen die gleichen will sagen da ist ein Unterschied. Jedweder Unterschied ist größer.

Roche

War einer der gewiß einer war der wirklich lebendig war, war dieser ein Vollkommener, hatte es jener vollkommen in sich etwas sehr gut zu tun was jener gewiß tun würde falls jener etwas tun könnte. Ja jener war auf eine Weise ein Vollkommener, gewiß war er einer der vollkommen zuhörte. War jener einer der vollkommen zuhörte, war das einer der vollkommen zuhörte und gewiß war es eine angenehme Sache falls dieser einer war der vollkommen zuhörte und gewiß war dies einer der vollkommen zuhörte und gewiß war es eine angenehme Sache diesen zu haben als einen der zuhörte und gewiß falls dieser einer wäre einer zu sein der wirklich vollkommen zuhörte würde es dann gewiß eine vollkommen angenehme Sache sein.
War dies einer der ein Vollkommener war. Gewiß war dieser einer der lebendig war. Dieser war einer gewiß daran zu gehen etwas durchaus schön zu tun falls dieser wirklich diese Sache tat und gewiß sollte dieser irgendwann diese vollkommen schöne Sache tun falls dieser wirklich ein Vollkommener ist.

Dieser ist gewiß nicht einer der schwach wird, der beim Arbeiten nicht gut fortfährt. Dieser ist gewiß überhaupt nicht ein Schwacher, das ist gewiß. Dieser ist gewiß einer der fühlt, dabei einer zu sein lebendig zu sein. Dieser ist gewiß ein Ehrlicher und es ist gewiß eine angenehme Sache diesen zu haben als einen der zuhört. Gewiß ist dieser redet nicht sehr viel. Gewiß ist dieser hat es gern zu wissen was irgendwer der irgendwas tut gerade tut, auf welche Weise irgendwer der irgendwas tut jenes tut. Dieser ist einer der gewiß liebt, der jede Menge Liebe gibt, gewiß ist dieser vollkommen erregt worden von einer solchen Sache, gewiß hatte dieser vollkommen geträumt von einer solchen Sache. Gewiß ist dieser einer der für sehr viele sehr angenehm wäre beim Lieben.

Dieser ist vielleicht einer der vielleicht einmal ein Vollkommener sein soll. Dieser ist vielleicht einer der vielleicht niemals ein Vollkommener sein soll. Dieser war einer der gewiß oft zuhörte und dies war dann gewiß eine sehr angenehme Sache. Dieser war vielleicht einer der vollkommen zuhörte, gewiß war dieser einer der zuhörte und es war dann eine sehr angenehme Sache, gewiß falls dieser einer wäre der vollkommen zuhörte würde es dann eine vollkommen angenehme Sache sein.

Dieser würde gewiß eine sehr schöne Sache tun falls dieser jene schöne Sache täte. Dieser würde gewiß beständig arbeiten um jene schöne Sache zu tun. Dieser würde gewiß nicht nachlassen, nicht aufhören weiterzuarbeiten, nicht schwach werden beim

Arbeiten, dabei jene schöne Sache zu machen. Dieser würde jene schöne Sache machen. Falls dieser jene schöne Sache machte würde es eine sehr befriedigende Sache sein. Dieser würde gewiß einer sein der vollkommen eine schöne Sache machte falls dieser tatsächlich eine schöne Sache machte. Dieser war nicht ein schwacher Mann, dieser Mann war nicht ein unbeständiger Mann, dieser Mann war nicht ein strebender Mann, dieser Mann war einer der gewiß daran ging eine schöne Sache zu machen falls er tatsächlich eine schöne Sache machte. Dieser war gewiß einer der zuhörte und dies war eine sehr angenehme Sache, dieser war gewiß einer der daran ging eine schöne Sache zu machen falls dieser einer ist der ein Vollkommener ist.

Dieser ist gewiß einer eine schöne Sache zu tun falls dieser daran geht jene Sache zu tun. Es ist nicht verstörend erstaunt zu sein über diesen daranzugehen die schöne Sache zu tun, nicht wirklich verstörend für jenen, nicht wirklich verstörend für irgendwen. Dieser ist einer beständig zu arbeiten. Dieser ist einer zuzuhören und das ist eine angenehme Sache. Falls dieser vollkommen wäre beim Zuhören würde das eine vollkommen angenehme Sache sein. Dieser ist gewiß einer der beständig arbeitet um eine schöne Sache zu tun, dieser wird gewiß eine schöne Sache tun falls dieser jene schöne Sache tut. Dieser ist einer es nahezu vollkommen zu brauchen zu wissen was irgendwer tut der irgendwas tut, wie irgendwer der etwas tut jene Sache tut. Gewiß falls dieser einer ist vollkommen zuzuhören und gewiß ist dieser vielleicht einer vollkommen zuzuhören dann ist das eine vollkommen angenehme Sache.

Braque

Kappe und Korn, Zuhörer, Interesse und Ausübung, Ziel und Zuhörerschaft, Interesse und ernst und Ausbruch, innen im Innen. Alarm keine Sonne, Alarm ist Denken, Alarmieren ist Determinierung eine Erde weite Motte ist etwas. Preis im Biegen ist Jäten. Da ist eine undeterminierte Superdivision. Da ist das sinternde Brotzeug, das Fenster verdickt sich.

Alarm kein Alarm ist stehend und hält etwas. Kein Alarm hat eine lotrechte Position. Kein Alarm ist in jener Position. Ein Alarm der keine Wahl ist zeigt die Notwendigkeit von guter Natur. Zeigt es und die Melodie die auf jedwedem Wind die gleiche ist, jene Melodie ist die Organisation. Es hat einen Ort, es ist ein Kreis und dies was nicht bewacht ist ist nicht weich, es erweicht sich. Da es also weich ist ist Brechen etwas und was rund ist verbreitert sich nicht. Es ist partikulär und so viel mehr als das Ersparen einer Auslöschung. Praxis ist partikulär. Es ist Anerkennung.

Schweigen wird nicht verletzt dem Nehmen beizu-

wohnen von mehr Reflexion als einem ganzen Satz. Und es wird gesagt und das Zitat ist räsonierend. Es gibt das ganze Vorhergehende. Falls da Zeit genug ist dann sind Erscheinungen beträchtlich. Sie sind in einem Kreis. Sie warten einen Kreis. Sie sind ein zarter Kreis. Sie sind zärtlich ein Kreis.
Dies war nicht nach einer Zukunft.
Falls der Fleck klar ist und der Schwanz ist da ist der Schwanz aus Haar gemacht. Das macht das. Irgendwer ist kein Schneider. Der Vorhang ist nicht aus Holz gemacht und eine Kerze wird in einen Kerzenhalter gesteckt und das Ganze, genau das Ganze, da ist kein Diebstahl.
Falls der Schatz ganz ist und der Saft ist so erhaben dann ist das Salz rein und da ist Pfeffer dazwischen. Das Geschirr das auf dem Pfosten ist ist gewöhnt daran an einem Rad sich zu reiben. Da ist die vollkommene Abwesenheit von Grund für eine Entschuldigung. Die Zeit hat den Reichtum einer Trennung. Die Jahreszeit ist nicht die des Backens.
Brack und Neurasthenie und dürres Gerede mit einem Wunder und mach einen Spucknapf klar mit einer Mischung in einem Schnurrbart. Der Sinn ist darin.
Pastete pellt sich nicht und die Dattel und das Gift und der Kuchen wenn die Pfanne eine Form ist ist nicht abzüglich aller Praxis. Die Zeit füllt nicht.
Brack, Brack ist derjenige der die Haken aufstellte und die Dinge hochhielt und sein Dinner aß. Er ist derjenige der mehr tat. Er nutzte seine Zeit und fühlte mehr viel mehr und kam bevor wenn er da-

nach kam. Er ähnelte keineswegs irgend etwas anderem mehr.
Die Zeit und der Ort einer Ecke ist keine Bequemlichkeit falls sie nicht gefüllt worden ist, ganz und gar keine, und falls sie gefüllt ist dann ist da eine Ähnlichkeit, da ist einige Ähnlichkeit.
Bloß nicht feiern was herzhaft ist und sicherlich ist da keine Gefahr einen starken Sommer zu erwarten. Falls der Ort sich als feucht erweist nutzt da nichts jene Entschuldigung. Sowieso ist da keine Zeit zusammen aufzustehen. Sie können nicht auf einem Sitz sitzen.
Es kam die Zeit als da keine Gelegenheit war für Geographie. Dies bedeutete nun nicht daß da ein Ortswechsel war, es bedeutete daß da ein Einflußwechsel war. Dieser Wechsel wurde verstanden, es war kein Wunder. Im Verstehen der ganzen Sache der Vorkomposition war nicht mehr Licht als Süße, da war nicht mehr Größe als Masse, da war nicht mehr Last als Karawane, da war kein Vermischen des Einklangs. Die Zeit kam keineswegs mehr.
Und dann wurde die einfache Art und Weise gefeiert durch Verursachung und die Kosten versüßten, will sagen da war eine runde Masse.
Pulver ist nicht braun. Die Farbe zeigt sich nicht in der Mixtur. Beim Krümmen und nicht Verlängern der Disposition ist da keine sanftere Feder. Um zu zeigen daß die Welle kultiviert ist und um die Aufhängung eines Rasierers zu zeigen scheint doch das Licht direkt. Es scheint und es verdunkelt noch eins, es scheint doch nicht und zerstört nicht den Anschluß, es

scheint doch nicht in einer Farbe, es macht doch ein Braun nicht zart. Braun ist zart, das ist keine Mühe und kein Appetit.
Es folgt daß wenn die Zeit getrennt ist das Opfer nicht das gleiche ist wie wenn die Unterhaltung vernünftig ist und es ist vernünftig Schnitzen und Eichenbäume und die Jahreszeit zu erörtern und verstört zu sein von einem Berg und zu streiten wenn da keine Desertion ist. Es ist vernünftig und präsent zu sein ist genug die Zukunft zu trennen. Wenn es vorkommen sollte daß kein Radierer da ist dann ist da gewiß kein Grund warum es sollte. Dies ist der Grund. Die beste Form ist jene welche ohne Papier geklebt ist. Auf jeden Fall ist das Papier nicht weiß und braun, es ist braun und es ist schwarz und weiß und farbig.
Die Zeit wird nicht ersetzt dadurch den Grund anzugeben daß da glänzendes Reisen sein wird. Dies ist keine Frage weil das keine Antwort ist.
Die Zeit die an einen Ort gestellt ward war das ist so wohlgestellt. Die Frage ist ist da Reisen. Da ist keine Frage dazu ob da Reisen ist wo welcher Feierlichkeit zeigte beim Nichtdrehen beim Drehen. Dies wurde so gestellt daß gewiß keine weitere Rezeption mehr erstaunlich sein konnte.
Dahinzuschwinden, einige hinwegzuwählen, Einspruch zu erheben dagegen das zu verabscheuen und nicht triumphierend zu sein das ist nicht der Glanz eines einzigen Standards dies ist der feierliche Nachhall eines vergrößerten und eines kleinen Meisterwerks.
Die Art und Weise des Mannes und die Art und Weise

der Lampe und die Art und Weise des Scheinens und die Art und Weise dies alles zu vereinbaren ist im Einklang mit der Verwüstung und Zerstörung was sich ähnlich die Bewegung nicht stört. Dies kommt so schnell daß Reden adelnd ist. Dies welches ist ist was kommt, jenes Kommen ist was gekommen ist und kommen kann. Kommend kommt es und ist gekommen und da ist manches Mischen und da ist mehr Wollen als da war als das Kommen dazu kam anzudeuten und zu verstören und die Vernunft zu versichern.

Eine Gasse ist nicht ein Hügel und ein Hügel ist ein Abstieg. Dies zu erklären ist es notwendig Reparieren zu praktizieren und Verstören und Beziehen. Die Zeit zu gehen ist nicht mehr arrangiert als die Rundheit die für Schönheit sorgt und rund zu sein ist nicht was zu einer Höhe gehört.

Die Zeit wenn Auswahl Urlaub ist ist wenn die Vollendung so ersetzt wird daß da eine Vorahnung ist. Dies macht das Backen so leicht und zur gleichen Zeit ist da keine Trennung und keine Ungnade nicht einmal Abfall. Dies ergab sich so erzählt zu werden daß jegliche Erscheinung königlich ist. So ist denn da keine Ankündigung.

Ein kleiner Sitz der nicht niedrig ist ist nicht mehr erhöht als ein kleiner Sitz der niedrig ist und hoch. Da ist kein Raum für mehr als wofür Platz ist. Dies stellt keine Forderung ans Gewissen, dies stellt keine Forderung an irgend etwas, dies ändert auch keine Ausstellung. Der Grund daß da keine Änderung ist ist daß es sich beim Trennen von Räumen zeigt daß der

gleiche Raum zwischen dem der da ist wo der Platz ist der er ist darin ist. Dies zeigt daß da nichts so deutlich gezeigt wird von der Ausstellung. Es zeigt sich doch, es zeigt die Ausdehnung der Ähnlichkeit und die Vereinigung der Differenzierung und die Ausdehnung des Abstands und die Hemmung der Zurückhaltung der Beschleunigung. Dies zeigt nicht mehr als individuell ist. Und doch da ist kein Zug der nicht in jene Richtung geht und zurückzukehren ist nicht jenen Weg passieren. Zurückkehren ist nicht Vagabundieren es ist eine geräumige Absperrung. Der Nutzen des Ausbreiten des Arrangements zwischen dem und dem ist nicht so weit daß da keine Räume sind. Da sind Räume. Sie können so ruhen. Sie nennen die Weiße nicht Wunder. Sie schaudern nicht zusammen. Da ist kein Beispiel in einer Beziehung. Da ist keines darin am Abstand zu sparen.
Ein fähiger Vorhang wird nicht benutzt und die Bedeutung dessen ist daß Schutz auf beiden Seiten Schutz überall ist. Die Band spielte länger.
So viel Sorge im Winter und so viel Traurigkeit im Sommer, so viel Nervosität auf dem Lande und so viel Störung in der Stadt, so viel Rechnen mit einem Brief und so viel Schreiben mit keinem Elektriker, so viel Piano Farbe und so viel musikalische Erlaubnis, so viel Beständigkeit im Kreisen und so viel Einzigkeit im Suchen, so viel Blüte im Etikettieren und so viel Heimlichkeit im Erleuchten, so viel Rettung im Verlassen und so viel Beruhigen im Verbleiben, dies alles und nicht mehr, soviel und nicht oft, dies alles und kein Moment wenn ein Monument nicht Verstand ist

und verschenkend, keine Zeit und Süße und keine Flucht und Trennung, dies alles und keine verpflichtende Verzweiflung, dies alles und der gleiche Moment insbesonders und falls es wäre im Nichtvorbeigehn, alles und niemand niemals zufrieden zu sein im Signalisieren, nicht mehr und die Wahl fehlt, da ist eine Saison in der Rechten, da ist eine Sanktion in der Linken, da ist eine Präsenz im Zentrum, da ist eine Erhebung im entfernten Umkreis, da ist eine Resonanz in der speziellen Kurve, da ist eine Empfänglichkeit in der nichtschwitzenden Beziehung. Dies alles nächtlich und manches täglich und wöchentlich und mehr jährlich und nicht sicherlich und nicht reduzierlich.

Großgezogen zu werden und so geachtet zu werden daß da kein Zweifel ist daß die Linien die sich drehen die Linien sind die sich drehen, so geachtet zu werden daß Reden nicht fortgesetzt wird und die Präsenz des Nichts erwählter ist, so großgezogen zu werden ist nicht eine Erwartung, es ist fähig zur Beruhigung.

Da ist kein Zweifel gewesen. Da ist nicht irgendein Zweifel gewesen. Da ist nicht irgendeine Oberfläche vorhanden und da ist das da dann nicht.

Der feste Griff ist die Milde der Begrüßung des Metropoliten. Dies ist nicht Pflicht und es ist nicht fähig, ebensowenig ist es beiläufig. Die Münze ist nicht da wo kein Gebäude ist, ist es nicht irgend dies ist niemals eine Überraschung, es ist niemals eine Überraschung weil es wenn die ganze Sache betrachtet wird und die ganze Sache wenn sie betrachtet wird hat jenen Anfang, wenn es dahin gestellt wird wo keine Auswahl ist

dann nicht bemerkbar gemacht wird. Bemerkbar zu sein wird nicht erklärt, im Erklären dessen ist da keine Sprache, im Nichtanhalten zu reden ist da kein Schweigen. Dies wird nicht lauter gehört und da ist kein Zweifel. Da wird nicht jener Zweifel sein.
Die Kapazität welche die Größe die jene Bedeutung hat jene Bedeutung haben läßt, das ist was die Sensitivität hat welche keine Vorwegnahme schafft, da ist Realität. Darin ist da den Morgen berühren und darin den Morgen zu berühren ist da kein Verlauf. Da ist alles da was dazu neigt zu sein. Die Freiheit die kein Ornament hat wird nicht vergossen und dies bedeutet nicht irgend etwas nicht Lebhaftes, es bedeutet gewiß nicht ein Extra. Die Praxis von keinem Pronomen ist nicht verwegen. Da ist kein Preis in einem Beutel. Da ist keiner und der Kreis eine Trennung habend macht alles das was nicht das gleiche ist ähnlich, es macht daraus nicht einen Kreis. Ein Kreis hat keine Lust, er ist nicht umkreist und da ist dies zu sagen daß das Weiß und Schwarz braun sind.

Portrait des Prinzen B. D.

Ein Raum wird nicht verwandt, er wird nicht benutzt, er ist ähnlich, er wird repräsentiert. Dies zeigt nicht mehr als eine Breite die durch die Mitte laufend die Umgebung macht. Der Raum wird nicht plaziert, er wird präsentiert, das ist die Beziehung der ähnlichen Siedlung. Darauf zu siedeln und darunter zu siedeln zeigt mehr als den ähnlichen Kreis es zeigt den Grad der mehr Ähnlichkeit macht als das, es sinkt höher und da ist kein Getöse. Der Abschnitt und da ist ein Abschnitt, der Abschnitt bedeutet daß Eindringen der Entfernung ähnelt, es liefert den Tropfen und es wählt kein sichtloses System.
Der Vorfall der unterliegt ist derjenige der früh ist. Die Spätheit neigt nicht dazu eine definitive Dunkelheit zu definieren, sie glänzt nicht und sein jener Zeit ist da ein großes Licht. Das westliche Windlos ist nicht das gleiche wie der weiße Wind. Der weiße Wind hat keine Schwebe. Da ist ein Diamant. Ein Diamant ist ein Schatz. Wenn ein Schatz von jener Farbe ist dann ist da eine Ähnlichkeit.

Ein Handel zwischen dem einen der einen Hut hat und einem der einen Hut hat ist derart daß da kein Hiatus ist. Der eine der einen Hut gehabt hat ist der eine der das hinzutut. Der eine der der eine ist der das hat ist jener eine der das Ding hinzutut. Kein Vernachlässigen und Hinzutun, keine einzige Sicherheit schweigendes Stören, keine Vernachlässigung und kein Glas ist da zu vertreiben und bleiben. Es sieht die dichte Sicht und das was nicht hell ist ist weiß, das was ledig ist ist ähnlich und so kommt es daß wenn da eine Schau ist ein Weg der in das kürzliche Glühen führt mehr Feuer bedeutet. Eine feine Farbe ist rot und grün und purpur und rosig und gelb, eine feine Farbe ähnelt der Fortsetzung. Jede feine Farbe ist in einem Glas. Ein Glas das widersteht muß ein Glas sein das vergeht. Dies zeigt keinen Schatten. Dies zeigt keinen Kratzer.

Ein Wandel ist gemessen, eine Karte ist ungemessen. Da ist eine Rückkehr von viel mehr. Stupor ist nicht darin ein Klima zu gewinnen. Es ist verloren in der Erinnerung an Vergiftung. Das Verzeichnis eines Ergebnisses im Strecken eines Gebäudes macht keine einzige Spur. Das Rad ist da. Der Trend ist nicht hinter einem Rücken. Er ist in dem Gucklochs eines Fensters. Das Vermengen ist entschiedenes Daruntermischen. Dies ist nicht das Maß für Wind. Die Rückkehr ist nicht so, sie ist besetzt. Der Rest ist erstanden.

Da ist keine Höhe. Wenn doch ist da Wind. Da ist Wind. Höhe schrumpft darunter und Siedlung ist nicht löslich. Die Errichtung von Gelb ist keine Gewalt. Die Fünf sind gewonnen. Ledig, gleich, purpur, blau, Kreis. Das Letzte dessen Abschnitt die umgekehrte Ähnlichkeit hat hat keinen Moment und da ist eine Tendenz die im Aufgehen der untergehenden Sonne neues Aufsteigen bedeutet.

Schimmern und wimmern, zerschmettern und schrumpfen, sammeln und siedeln, wühlen und saugen, Gewalt verlieren und Gleichzeitigkeit erwählen, sehen daß die ganze Ausnahme nicht angehalten wird und die Linien der Ähnlichkeit sättigen, dies und nicht mehr tut sich zu wenig. Publikum und Pilot, all das schimmernde Land und der Wind und keine Vernachlässigung, dies alles bedeutet nicht daß da keine Ablehnung ist. Es ist da das gleiche Ergebnis von keiner beabsichtigten Ausgrabung gewesen, es ist da gewesen und jene Ausnahme gepflanzt hat keine Ähnlichkeit einen Moment, keinen und die Illustration ist gepflanzt und die Zeit ist plaziert.

So ist dann da kein Geheimnis. Ein Geheimnis bedeutet daß wenn da ein Ding ist da kein Ding ist und falls da kein Ding ist dann ist da keine Addierung. Eine Summe wird nicht geopfert.

Einem eine Eidechse auszuhändigen ist ein grünes Ding das einen Vorhang empfängt. Der Wandel ist nicht präsent und die besonnene Art und Weise eine Agonie zu haben ist nicht behutsam. Dann ist der Schirting extrem und da ist ein Fliederduft und kein Ingwer. Halt und schlag vor ein Blatt das keinen Zirkel hat und kein einzelnes Zentrum, dies hat jene Schau und urteilt doch daß da ein Bedürfnis ist sich zu bewegen in Richtung der gleichen Höhe eines heißen sinkenden Zentrums und einer Oberfläche. Dann ist da ein Raum, dann ist da eine Ausnahme, dann ist da kein Grund warum ein Pfund kleiner sein sollte und die ganze Zeit ist da der Mut und die Münze und das wiederkehrende Ergebnis daß sicherlich falls da ein Wandel gewesen ist da kein Feuer gewesen ist. Sicherlich ist ein Feuer famos und ein famoses Feuer ist in dem Feuer. Sicherlich zeigt keine weitere besondere Verschwendung irgendein Ding. Und doch falls da kein Wind ist ist da keine Hast und falls da keine Hast ist warum ist Zwanzig älter als Dreißig und Dreißig älter als Achtundzwanzig, warum denn das und warum ist da kein Mißgriff. Da ist kein Mißgriff weil da die Zeit ist und die Anklage ist eingerückt und dies macht genug so daß Bewölken nicht einen Friedhof macht. Eine Überraschung ist nicht in Sicht. Dies ist ein Satz präsent. Da ist keine Gefahr und die stumme Höhe ist so hoch daß Ton höher steigt. Dies macht Ton nicht infam, es zerschmettert nicht einen Schluß. Nichts ist hohl im Wasser, nichts ist hoch in Luft, nichts ist lauter und nichts ist lotrecht. Die Etablierung ist gründlich. Eine Chance zeigt einen hellen blauen Ton, eine Chance ist der gleiche Wind aus einem Fenster heraus.

Ein persisches Kätzchen ist ein schnurrendes Kätzchen. Die Sicherheit die kommt ist so gesammelt daß da Nachrichten sein können. Eine Eiche und mehr Eichen und das Trainieren von Wasser dies bedeutet daß eine Farbe ein Signal anzieht es bedeutet daß das Ergebnis einer gewissen Quelle zu sehen ist dadurch daß da kein extra Beispiel von einer Art von Schrank ist. Am Anfang wenn da kein Aufgang ist und Widerstand und einen einzigartigen Abschnitt des Ganzen zusammen steigen lassen, am Anfang zeigt doch die Zuteilung tatsächlicher Beziehung zu einer Zeit von Oberflächen daß da ein Ursprung des Entspringens ist. Darin dies zu zeigen ist da keine Wiederherstellung. Da ist die ganze Hälfte einer Schildkröte und die Präsenz von mehr ist nicht ein Strang, ist es nicht und gewiß ist so weise daß Fieber verfällt. Dies ist dies. Dann ist da das und das einzigartige Beispiel wird nicht vorhergesagt durch Ruhen in mehr Kontraktion. Nicht sehr und was sich dann auszudehnen hat ist der ganze Ort mit Füllung. Füllung ist nicht Ausbreitung. Die Größe ist nicht daß es nicht dem Mond und der Laterne völlig angemessen wird, es ist völlig angemessen zusammen und erregt und interessiert. Dies machte kein Maß und keine Misere und keinen Mord. Da ist kein akutes Stutzen und Zittern. So ist denn da das Ding. Dies ist nicht das stumme Ding. Dies ist nicht das Ding das irgendein Ding ist. Dies ist das Ding das jenes Ding ist.

Ein großes feuchtes Blau und eine fahlere Farbe, eine große Staubrose ging auf und kein Wasser näher, ein kleiner Riesenrahmen und kein Gebäude feiner dies macht eine Vorhersage daß Notwendigkeit Arbeit ist und dann warum ist da keine Frage. Da ist keine Frage weil Untersuchung wundersam ist.

Mrs. Whitehead

Aber es gefällt dir doch.
Sie können sie alle doch nicht gar so schlimm sein denn sie haben Französisch gelernt ich aber nie.
Er sieht überhaupt nicht tot aus.
Der Wind könnte ihn geweht haben.
Er kommt aus jener Richtung. Das ist der Weg.
Sie sind nicht verzwickt. Hast du es gerochen. Was würdest du vorschlagen, dein Rat ich bin drauf gestoßen drei oder vier.
Also das sind die andern.
Trenn sie.
Es läßt einen schon kommen, er ist außergewöhnlich bezaubernd und reizend einmal von zweimal einzig zweimal meine ich.
Er bleibt doch nicht draußen das ist hart außerdem was tut er denn.
Das ist lang für seine Mutter.
Sie reiste von diesem Rest. Sie häkelte von diesem Nest. Sie häkelte von diesem Nest. Ich dachte es würde ja niemals.

Es ist eines von meinen liebsten dies.
Und doch nicht dies.
Ist es nicht komisch.
Ist es nicht.
Brich und brechend, sehr fair, brich oder sehr mangelnd.
Ich versuchte es auf diese Weise zuvor.
Sehr schwer extra Orte zu wechseln und doch ich kann zustimmen. Ich kann demnach zustimmen. Ich ruhe dieses Stück und es ist nahezu das gleiche Klima.
Ich will dir sagen warum sie eine richtige Tür wollen.
Sie wählen es.
Das tun sie und sehr reines Wasser. Sie sind sicher wenn sie ein Bad nehmen. Oh es ist sehr. Oh das ist es.
Auf eine Weise eine Weste.
Ich meine schon du kriegst was du willst.

Korrekturen.

Es sind elf Wochen von Mitte September. Ich blicke auf eine Weise.
Es sind elf Wochen von Mitte September.
Total andere erinnern.
Ich blicke auf und ich kann andere erinnern. Ich mache eine Teilung reinlich, ich schließe.
Was ist falsch mit nicht blau. Das ist recht mit Äpfeln.
Äpfel vier. Für. Vor.
Davor das.

Nächste Strecken.

Nächste für das Blatt Strecken.
Ich stelle nicht Blatt fest.
Ich möchte gern bitten sehr viel Treiben.

Nicht genau im Zustand.
Untertreiben.
Alles in so.
Sie erwarten daß all die Blaus von all den anderen Familien nehmen, die Weißen sind extra sie sind neben alledem, sie machen ein kleines Haus und dadurch und daneben daß sie in Paris leben.
Kaum genug für Holz.
Nicht einmal eine Farbe.
Inzwischen jetzt ein Wechsel von Gras und Eheringen und alle bis auf den Rest planen. Ich mach mir nichts daraus ich guck erst gar nicht hin.
Ich bin nicht sicher daß Gelb gut ist. Ich bin groß.
Erlaube mal. Ich will nicht mehr raus in Unterhaltung.
Ich kann vorsichtig sein.
Nicht darin es zu tragen.
Ich kann nicht sagen zu bleiben.
Nein bitte steh nicht auf.
Und nun das.
Ja das seh ich.
Hast du ihn dafür bezahlt ob für eine Spinne und solchen Schimmer und in der Tat quittieren. Ich hatte vor zu sammeln.
Ich seh es ich seh es.
Bitte Ozean sprach bitte Helen Land bitte nimm es weg.
Ich sah ein gesprochen erlaubtes Laub und Blumen gemacht zu Gemüse und Blattwerk im Boden. Ich sah repräsentative Fehler und Glastassen, ich sah ein ganzes Auftreten von respektablen Flüchtlingen, ich

fragte nicht Schauspieler ich fragte Perlen, ich beschloß nicht Züge zu fragen, ich war zufrieden mit gefeierten Lösegeldern. Ich kann nicht leugnen Bertie Henschel kommt morgen. Samstage sind ausgeglichen. Es gibt ein reguläres Prinzip, wenn du es erwähnst erwähnst du was geschah.
Was machst du daraus.
Du übertriffst alle Hoffnung und alles Lob.

Portrait der Constance Fletcher

Als sie durchaus eine Junge war wußte sie sie war in einer Familie leben gewesen und daß das Familienleben eines war das nicht gehabt zu haben jeder einer sein konnte wenn man einer sein sollte einer zu sein nicht daran zu denken einer zu sein Familienleben gehabt zu haben. Sie war dann eine als sie eine Junge war dabei daran zu denken Familienleben zu haben, daran es gehabt zu haben. Sie war eine die dachte an dies dachte daran, sie war eine die fühlte an diese Sache zu denken, sie war eine die fühlte eine zu sein die völlig Fühlen haben konnte darin daran zu denken eine zu sein die Familienleben gehabt hatte, die es hatte.

Sie war eine die Familienleben hatte, sie war eine die es gehabt hatte. Als sie eine Junge war war sie eine Familienleben zu haben, sie war eine es gehabt zu haben.

Sie war eine die daran dachte Familienleben zu haben, daran Familienleben gehabt zu haben. Als sie eine Junge war dachte sie daran Familienleben zu haben, sie dachte daran Familienleben gehabt zu haben.

Sie fühlte Familienleben gehabt zu haben, sie fühlte Familienleben zu haben. Als sie eine Junge war fühlte sie Familienleben gehabt zu haben, sie fühlte Familienleben zu haben.

Sie wußte, als sie eine Junge war, daß sie völlig fühlen konnte darin Familienleben zu haben, darin Familienleben gehabt zu haben. Sie wußte, als sie eine Junge war, sie wußte daß sie dachte, sie wußte daß sie fühlte darin Familienleben zu haben, darin Familienleben gehabt zu haben. Sie dachte und fühlte Familienleben gehabt zu haben, es zu haben.

Sie konnte völlig fühlen Familienleben zu haben, es gehabt zu haben. Sie dachte darin eine zu sein die völlig fühlen konnte Familienleben gehabt zu haben, es zu haben. Sie fühlte darin eine zu sein die völlig fühlen konnte Familienleben gehabt zu haben, die völlig fühlen konnte es zu haben.

Sie lebte im Fühlen, im Denken Familienleben gehabt zu haben, es zu haben. Sie hatte Familienleben gehabt. Sie hatte Familienleben. Sie konnte völlig fühlen Familienleben zu haben, Familienleben gehabt zu haben.

Sie war dann eine Junge, sie war dann durchaus eine Junge, sie war später ein wenig eine Ältere. Sie fühlte dann darin eine zu sein im Lieben, sie dachte dann darin eine zu sein im Lieben. Sie lebte dann darin eine zu sein im Lieben. Sie konnte dann eine sein völlig sein im Lieben. Sie war erfüllt dann, völlig erfüllt dann, sie fühlte dann im Lieben, sie dachte dann im

Lieben. Sie war völlig erfüllt dann. Sie fühlte, sie dachte, sie fühlte und dachte dann darin eine zu sein im Lieben.
Sie konnte dann eine sein völlig sein im Lieben, sie dachte und fühlte darin eine zu sein die völlig sein konnte im Lieben. Sie kam dann dazu eine Volle zu sein, sie kam dann dazu in dieser Sache zu denken und fühlen darin eine zu sein eine völlig Erfüllte zu sein. Sie war voll dann, sie füllte dann ein in eine zu sein im Lieben zu leben, im Denken im Lieben zu sein zu leben, im Fühlen eine zu sein im Lieben zu sein zu leben.
Sie war voll dann und verlor dann gar nichts. Sie dachte dann, sie fühlte dann, sie dachte dann und fühlte dann darin voll zu sein dann. Sie dachte und fühlte dann darin eine zu sein nichts von irgendeiner solchen Sache zu verlieren als eine die sie war voll dann.
Sie konnte eine sein völlig voll sein. Sie dachte darin eine zu sein die konnte völlig voll sein. Sie fühlte darin eine zu sein die konnte völlig voll sein. Sie lebte immer darin eine zu sein zu fühlen und denken darin eine zu sein die konnte völlig voll sein.
Sie war voll dann und sie dachte und fühlte, dachte in dieser Sache, fühlte in dieser Sache. Sie dachte und fühlte und war voll dann. Sie dachte und fühlte darin eine zu sein die konnte völlig voll sein.
Sie füllte ein in ihr ganzes Leben hinein um eine Volle zu sein, sie dachte und fühlte in ihrem ganzen Leben darin eine Volle zu sein. Sie dachte und fühlte ihr ganzes Leben darin eine zu sein die konnte eine völlig

Volle sein. Sie füllte völlig ein um eine Volle zu sein und sic war immcr cinc Vollc. Sic dachtc darin cinc Volle zu sein. Sie fühlte darin eine Volle zu sein. Sie dachte darin fühlte sie darin eine Volle zu sein. Sie fühlte darin dachte sie darin eine Volle zu sein.

Wenn man sich bewegt in den Schuhn bleibt allerhand zu tun. Man bewegt sich nun nicht in den Schuhn.

Die Sprache der Erziehung ersetzt nicht die besondere Stellung die der Ausdruck ist der Auswirkung des Bösen. Es gibt einen Ausdruck wenn Erwägung nicht das Objekt verbindet das in Stellung ist mit der Stirn die Blicken erwidert. Es ist nicht überwältigend. Das ist eine grausame Beschreibung. Die Erinnerung ist die gleiche und sicherlich ist jener der nicht älter ist noch nicht tot obwohl wenn er blind gewesen ist kann er sehen. Dies hat gar keine Bedeutung.

Oh die Glocken die die gleichen sind rühren sich nicht und die träge Grazie ist nicht fehl am Platze und der ältere Pelz ist am Verschwinden. Ein solches Ende gibt es nicht.

Wenn es geschehen wäre daß die kleine Blume größer war und die weiße Farbe tiefer war und das stille Licht dunkler war und die Überfahrt rauher war würde es so gewesen sein wie es war und der Triumph war an dem Ort wo das Licht hell war und die Schönheit verlor nicht sie hatte ja jenen Besitz. Das war nicht was zärtlich war. Dies war das Stück der Gesundheit das seltsam war als da das Verschwinden war das gar keinen Ursprung hatte. Die Dunkelheit war nicht die gleiche. Da war das Schreiben und das Vorbereiten

das angenehm war und erfolgreich und unternehmend. Es war nicht unterdrückt als da Diskussion war, es ward da getan wo Raum war der nicht ein Traum war.
Dies ist alles um den Weg zu bereiten der nicht der Weg ist irgendwas zu mögen das im Sprechen Erzählen ist was gekommen ist das wie ein Schwellen im Innern ist wenn da Vergilben ist.
Da ist jenes Mögen. Das formt nicht die Art und Weise zu sagen daß da nicht irgendwo irgendwas ist das Ähneln ist. Vollendung ist nicht Verfälschung. Da ist die Substanz die gar keinen Defekt hat.
Wenn das Programm nicht verzagt ist und es jene Substanz hat dann ist gewiß der Anfang der zarte Segen den Entfalten nicht unterdrücken kann. Da ist jene Wiedergabe und die Ruhe ist nicht so gesund daß da nicht ein Wandel des Ursprungs sein kann. Da kann jene Erhebung sein. Dies ist nicht ein Argument. Da ist das Werk das jenen Ort hat und da ist ein Garten. Ein wenig größeres Biegen beschleunigt nicht das Errichten der Grotte die eine Fontäne hat. Das ist so bald.
Zu vergeben, das ist gesehen zu haben daß da ein langer Weg zu starren war als die Hitze die gleiche war wie sie es war als die Stimmen zusammen waren. Dies war die Versuchung und so massiv war da als da da war daß der ganze Empfang nicht mit mehr gefüllt war als mit allen jeden Tag die gekommen waren irgendwoher und gehört hatten daß da war. Dies hieß nicht mehr als alles. Es hieß alles und das Ergebnis der preziösen und präzisen Art und Weise war daß da

jene Vorbereitung war und nicht die Auflösung als da jene entschiedene Entwicklung war. Da könnte das gleiche sein falls irgendwer sicher wär daß da gar keine Entwicklung war. Dies macht keine Langeweile die ewig ist so besonders das Zuhören ein Segen ist. Dies verschleiert keine Blume.
Komm herein und jener Ausdruck ist nicht jener des Wartens. Einen Namen zu verwenden ist nicht die Zeit daß Sehen nicht gewesen ist. Dies ist Diskussion. Dies ist Obligation. Dies ist die Komposition.
Oh traurigerweise hat der Eichbaum nicht jene Traurigkeit. Er hat nicht den besonderen Grund. Er hat nicht jene Abweichung. Er hat nicht jene Durchdringung. Er hat jenes Stück das da ist wo alles da ist was verbleibt wenn alles verbleibt. Nichts ist ganz alt. Das ist nicht der furchteinflößende Widerruf. Das hat jene preziöse Bedeutung wenn das Hindernis nicht jenen kleinen Schmerz hat welcher nicht der gleiche ist wie das Ausgeben dessen was nicht ansteht wenn es dort ist wo man nicht besorgt ist zu sagen daß jegliches besser ist. Alles hat jene Beschreibung. Das ist nicht Reorganisierung. Die Art und Weise zu sagen daß sie fortgingen ist die Art und Weise in der man sich herkömmlicherweise an die Passage hält. Dies ist nicht das Zeichen das die Steuerung zeigt die zerbrochen ist. Der Einspruch ist nicht daß die Arabeske jene Bedeutung hat wenn die ganze Sache aufgedeckt ist. Die Bedeutung ist daß das kostbare Bild der Handel ist der den alten Tag nicht getroffen hat wenn da alles gesagt werden kann. Das Licht ist feiner. Das ist nicht jene Unterscheidung. Das ist die Art und Weise das zu

haben um es zu behalten wo gar kein Untersagen ist. Sie hatte jenen Namen. Das war der Ursprung von dem Pinguin. Das war nicht jener Vogel. Und weil der starke Mann der Wächter ist wenn die Kleinen gesünder sind so ist die spezielle Karte nicht begrenzt wenn da nicht das beste Etablissement ist wo alles Schwarz und Weiß das zeigt. Es ist ein Segen wenn die schwere Art und Weise zu verweilen da gefallen ist wo die Rücksicht ist was überhaupt nicht jene Distanz ist. Das Brechen von zahmem Zeigen ist nicht die Art und Weise zu glühen weil der Abfall nicht da ist. Er ist nirgendwo.
Markier die Angaben die das Verdienst verraten die Zeit zu haben festzustellen daß nicht zu warten zu sagen heißt daß die Tür nicht betreten wurde. Falls warten den Ort markiert wo der Auftritt falls er gemacht wird näher rückt dann heißt zu tun was nicht getan ist alles das zu tun und sorgfältig das was massiv ist füllt nicht den Raum. Das ist nicht eine Eröffnung. Das ist nicht die Art und Weise für alle von denen die gucken sich zu weigern zu sehen. Das ist überhaupt nicht eine solche Art und Weise. Es ist nicht ein Vergnügen der eine zu sein wenn da das Ganze von alledem ist und wenn da wo da keine Trennung ist Weinen da ist, durchaus Prahlen, Vollendung, gar keine Entschädigung, wo da die Erweichung ist der veröffentlichten Seife. Dies ist nicht jenes Dekret. Da ist kein Versagen. Da ist keine Bedingung der Einschneidung.
Partikel von all der Farbe ist das welches nicht weiß ist und das Schwarz welches offen ist ist nicht älter wenn

die Zeit zurückgekehrt ist für Schwarz jünger zu sein.

Die Bedeutung dessen ist daß warum der Unterschied immer lauter ist daß das welches über dem ist welches alles ist was da ist und da ist viel ist daß da alles ist das jenen Grund zu sein hat welches der Grund ist der ganz gewiß ist und dies welches nicht erwähnt ist und welches nicht das welches verloren ist zum Gleichen macht und die Einzelheit welche nicht ein Flüchten ergibt getrennt bleiben läßt. Dies fügt alles und alles ist genug so daß das Ganze welches nicht geteilt ist nicht den Ort hat wo Kleben irgendwas das naß ist trocken macht. Dies hat nicht jenen Fehler wenn Weichheit Vereinigung ist.

Das erste Mal.

Distinktion gewinnen ist Diskretion und alle die gehen sind die Drei die nicht jene Distraktion haben. Sie haben nicht alle die Kühnheit. Sie sind nicht getrennt. Die beiden die nicht älter sind bleiben nicht um interessant zu sein. Sie unternehmen nicht irgendeinen Anfang. Exzellent ist die gleiche Vereinigung. Atemlos ist nicht der Schatten wenn die Eröffnung nicht begrenzend ist. Sie scheinen nicht an jenem Ort. Das war irgendein Ende.

Sie.

Wenn drei eifrig sind und einfacher und sie haben ein volles Temperament und wenn wenn sie alle sich vereinen in jener glücklichen Art und Weise die einen Garten die Art und Weise geben läßt dort zu sein wo ein Weg ist, wenn es da das letzte Mal ist und eine junge Zeit ist eine gestohlene Schönheit dann ist die

Art und Weise wie es heißt daß die weiße Blume nicht hat bluten müssen die Art und Weise jenen Entschluß zu erinnern nicht die gleiche wie eine Trennung zerknüllen. Sie belebte nicht das was mechanisch war. Sie hat nicht dies zu tun.
Sie.
Sie waren die Drei und sie waren nicht damit beschäftigt zu schauen. Sie hatten nicht jede Vereinigung als sie jene Erziehung hatten.
Sie zu sein und dann nicht fort zu sein ist nicht die Zeit und der Ort das den ganzen Ausdruck ausmacht weil schließlich wenn da die Zeit ist und der Ort und wenn sie sie sind sie nicht fort sind und das macht sonst nichts mehr. Falls sie dort wären hätten sie die Zeit zu sehen welche Art und Weise älter war und wenn sie jenen Fleck nicht fühlten hatten sie die Zeit an das sich zu wenden an was sie sich wandten als sie sich aneinander wandten. Sie hörten nicht alle zu.
Kein Schweigen.
Da war nicht jenes Zögern und dies war nicht alles was da war als die Geräusche nicht so laut waren als daß sie hören mochten. Sie hatten die Ruhe und sicherlich wenn sie das lehrten waren sie ein jeder nicht alle von irgendeinem anderen. Dies war nicht die Hälfte all der Zeit. Es wurde eine getrennte Karte benötigt.
All die Zeit in der all das Gewinnen war von all dem Wunder das nicht unter dem Wetter war verging nicht während der Austausch nicht abnahm. Das Ältere war nicht neuer. Sie hatten die gleiche Beschreibung. Dies heißt nicht daß falls alle Drei da sind zu lernen daß nicht irgendwer da ist sondern sie haben

irgendeine Art und Weise zu sagen daß nicht fortzugehen zu verweilen ist. Sie waren so gut wie genug so daß all die Trennung sie verbleiben ließ. Sie hatten soviel Überfluß.
Es war nicht das einzige Lächeln das Lächeln das nicht dazu kam das Vergnügen zu konfrontieren daß da drei waren und die Drei waren nicht dort sich zusammen zu versammeln.
Eins.
Wenn es die Art und Weise zu lernen ist jene Gegenwart zu haben dann wogen gewiß die Wandlungen nicht die Beschreibung auf. Sie hatte das was nicht alarmierend war.
Zwei.
Wenn die Gewohnheit zu sagen alle Erziehung die Entwicklung jenes Ausdrucks ist dann können gewiß wenn angenehm sein da ist alle da sein jene Maßnahmen nicht zu erwarten von allen die zusammen sind.
Drei.
Die eine die eine Sonne ist ist die letzte Blume die nicht offen ist wenn alle Blüten fallen fühlen das Volle aller Absicht.
So sind da dann was nicht ist was nicht gewesen sein wird wenn all das Sehen das ist und nicht gesehen wird gehabt wird und habend gewesen ist habend und habend und meinend. Das ist manche Absicht und alles ist genug alles Volle zu vollenden.
Die Verspätung war nicht das was die Trennung von der Zeit trennte als alle jene die etwas sagten alles sagten. Es war nicht so am Platze.

Der Wandel.
Da war überhaupt keine Zeit und alles was da war war Grund. Da war alles das und wenn es da wäre wären alle die da waren jene die da waren.
Das was angenehm war war nicht alles was da war wenn da alles war was da war von jener Erwägung. Gewiß die Zeit war nicht die Gegenwart und vergangener Geschmack und die Zeit war nicht die Zukunft die gegenwärtige Vergegenwärtigung. Da war alles da und aufrichtig ausfüllte das Beißen das nicht gebissen wurde die Stärke und die Erklärung. Es lieferte nicht die Absicht. Es gelang nicht als da alle jene Sorgfalt war.
Dies was nicht floh war nicht die enge Verbindung die eine größere Blüte bilden und sie die See nehmen lassen kann wo der Ozean größer ist und die Schiffe schneller sind. Das Vergnügen ist das gleiche.
Jenem Weg sich stellen.
Dem Weg sich stellen von dem jeder sagt sie haben ihn jeden Tag der eindeutig nicht weg ist heißt zu sagen daß die Zeit nicht dort ist wenn die Farbe nicht heller ist und das Haar ist nicht röter. Dies macht nicht alles was da ist aus jeglicher Einladung. Da ist nicht irgend etwas von irgendeiner solchen Andeutung.
Wenn die Praxis der Gegenwart und die Praxis der Vergangenheit und da ist irgendeine Praxis und die Praxis der Zukunft dann ist da letztlich überhaupt kein Wandel. Wenn die Art und Weise zu sagen die Wende ist die Wende die Art und Weise die die Art und Weise ist zu wenden in jene Art und Weise dann

ist alles von der Sache in jener Sache. Da ist alles von jener Mühewaltung gewesen.

Eine währende Weile während der da keine Band ist, eine währende Weile während der der Zug Verspätung hat, eine währende Weile während die Stadt voll ist, eine währende Weile während die Klänge den Ton haben, während da ein abgemachter Abfall ist und dies soll nicht heißen daß irgend etwas das abgegeben wird abgegeben wird nichts ist vergebens was nicht abgegeben wird und alles was abgegeben wird ist vergeben. Die Erscheinung ist nicht die einzige Art und Weise zu sagen daß was abgegeben wird vergeben ist und nichts wird abgegeben. Es ist so verblieben.

Das was nicht müde macht und das was nicht hilfreich ist alles von dem was nicht Müdemachen braucht, das war das Muster und da war nicht das Nähen was irgendeine Ecke benutzte. Das brauchte nicht die gleiche Breite wie alles was fest ist benutzt was nicht breiter ist. Das was fest ist ist alles was breiter ist und der Rest ist nicht das was jenen vergänglichen Geruch hat der nicht vergeht. Es geht an nichts vorbei. Es ist nicht die einzige Primel. Es hat den Satz der im Setzen dessen was nicht jene Sorge ist alles das hat was alles da ist wo noch mehr Sorge die meiste Sorge ist. Da wo die Zeit nicht grausam ist ist der Ort wo die Zeit das ist was die Hälfte füllte und das Volle und kein Vergehen das jene Absicht hat kann beabsichtigt sein wenn das was fest ist nicht jedes Haus baut. Alle Häuser sind offen will sagen ein Fenster und ein Tisch und der Kellner machen den Schatten schmaler und der Schatten der größer ist flackert nicht.

Ein Gedicht über Waldberg

Was ich fürchte ist daß sie bloß eine scheußliche Bombardierung auf sich ziehen werden in der sie unterstützt werden müssen. Oh nein das werden sie nicht tun.
Ich glaube nicht daß sie das tun werden. Was ich glaube ist daß ich aufs Land gelangen muß bevor ich mich nach dem Weg frage die Stadt zu sehen. Ich meine dies nicht als Witz. Ich weiß sehr wohl daß ich alles weiß über Krankenschwestern. Wer denn nicht. Und wer möchte Kinder gewinnen sehen. Ich liebe meinen Jungen sehr. Seine Mutter füttert ihn. Ich kann lächeln und daran denken. Wir beide lachen gemeinsam. Insgesamt habe ich ihnen gesagt seid still.
Vorhänge ein japanischer Vorhang.
Vollständige Blumen.
Ich benutze niemals einen Paß.
Da natürlich nicht.
Du wärst nicht vorsichtig genug. Das meine ich nicht.

Wie kann ich ihn sprechen hören. Du meinst nicht ein Opfer. Eugene Paul. Was ist Waldbergs Name.
Ich mach mir nichts aus ihm.
Ich hab kein Mitleid mit ihr.
Ich habe keine Blumen hier.

Kalifornien

Laß mich sehn. Was sagst du. Sie können sich um Reichtümer kümmern. Küß mir die Hand. Warum. Weil Russen reich sind. Alle Russen sind wertvoll. Das ist es was ich sagte.
Ich wünsch mir ich könnte so komisch sein wie er.
Ja danke ich glaube an Rußland.

Johnny Grey

Was hat er gesagt. Ich stimmte mit ihm nicht überein. Er sagte er habe es nicht bei sich. Er sagte. Beeilung. Iß es.
Ich werde nicht darüber reden. Ich werde nicht darüber reden.
Etwas anderes.
Dies wird erwähnt. Er war albern. Er sagte es da würden viel mehr Fahrstühle gewesen sein wenn nicht dieser Krieg gewesen wäre.
Er war so durstig.
Sie fragten ihn.
Bitte.
Wenn er nicht wäre wäre da Wind.
Ich sagte da war keiner.
Ich sagte es war mild.
Ich sagte daß als ich klein war ich nach einem Schrank fragte.
Dies war die Weise wie es geschrieben war.
Ich war eingeschüchtert.
Es ist so unbesonnen Pläne zu machen.

Drei ist die beste Weise hinzuzufügen.
Die Bank öffnet morgen.
Ich habe mich geirrt.
Ich hoffe ich kann fortfahren.
Ein Schneider zu sein.
Der andere sagte nichts.
Der andere sagte er hindere ihn und er machte jenen Fehler und er würde nicht weiter vorbereiten.
Es ist nicht täuschend.
Ich kann das frohgemut sagen.
S'ist immer besser.
S'ist wundervoll wie es sich immer ergibt.
Gesprächsweise.
Pflanzen hieß es bringen Futter zusammen. Dies ist nicht getäuscht. Dies ist nicht getäuscht. Pflanzen.
Pflanzen hieß es bringen Wiesen zum Springen. Dickköpfig klappernd in ihren Zähnen.
Pflanzen helfen traurig und nicht Möbel.
Dies ist es.
Pflanzen sind aufrührerisch.
Nicht einmal.
Wenn du Geld gibst.
Pflanzen heißt es sollen ausgelassen werden wenn du Geld gibst.
Dabei oder grau.
Punkte werden gesprochen. Dies in eins. Pittoresk. Es ist doch ganz gleich.
Ich kann nicht frieren.
Ich verstehe ein Bild. Es ist zu haben hör auf damit wer tut's. Es soll es danach gefragt haben die niesende Glocke. Glocke oder größer.

Eine einfache Abschwächung.
Ich möchte fein damit sein.
Ein Bild mit allem davon gebissen vom Souper. Ruf es. Ich werde mit Vergnügen. Heutzutage.
Ich finde dies einen sehr angenehmen Bleistift. Finde ich. Ich finde dies einen sehr angenehmen Bleistift. Finde ich dies einen angenehmen Bleistift.
Wie man Soldaten frisches Wasser gibt.
Wie denn du.
Du nutzt die Echos.
Liebe Jenny.
Ich bin dein Bruder. Nestling.
Nestling Nasen.
Mein fröhliches.
Baby.
Kleiner.
Hummer.
Plappern.
Süß.
Spaß.
Mein.
Baby.
Beispiel.
Sei gut.
Immer.
Sechs.
Sieben.
Acht.
Neun.
Alle.
Die.

Zeit.

Mich.

Extra.

Mein.

Baby.

Szenen in denen kein Stück ist von einem laß es gehn.

Nein ich bin nicht zufrieden mit ihren Beschreibungen.

Dies ist nicht deren Jahr.

Zwei von ihnen.

Johnny Grey und Eddy.

Warum jedoch nicht.

Es war nicht höflich.

Ein langer Weg.

Ich verstehe und ich sage, ich verstehe ihn das zu sagen, ich sehe ihn ich sage ich sehe ihn oder ich sage, ich sage daß ich verstehe. Was ist es. Er sieht nicht ein. Ich sage nicht daß er dort nicht ist ich begünstige ihn nicht massiv. Ich sagte ich war bereit. Ich war bereit ihn zu entbinden. Ich war bereit ihn dann zu entbinden oder dann und ich hielt auch, ich hielt alles. Ich bin oft für sie. Sie gaben es. Sie waren erfreut. So erfreut und halten es mit. So erfreut und haben es. So hab es und sag es. Sag es doch. Wenn es ihm versprochen war, hatte man ihn bei dem Glauben belassen. Er hatte die Aktion. Alles alt. Darin. Er war elend. Ich glaube nicht oder für es. Ich wecke nicht Gummis auf. Als wir weggingen wurde uns da gesagt mit ihnen allein gelassen zu werden. Tun sies oder tun sies nun. Glauben sie die Wahrheit.

Ich fange an. Geh am Sonnabend. Ich glaube für Sonntag. Wir täuschten einen jeden.
Ich vergaß Wasser zu trinken.
Ich ich habe es nicht gesehen.
Er sagte es.
S'ist wundervoll.
Ziel.
Sie glauben es ebensowenig.
Ruf es.
Das.
Fett.
Backen.
Um.
Die.
Zeit.
Getränkt.
Um.
Die.
Zeit.
Verpflichtung.
Zu unterzeichnen.
Das
Heute
Wann
Bei
Dem
Feld.
Er sagte er sei eine spanische Familie.
Es wird einen.
Schrecklichen
Nicht schrecklichen

Machen.
Es wird dasjenige nicht machen glaub mir es ist nicht zu meinem Vergnügen daß ich es verspreche.
Nein
Weder
Das
Oder
Noch was
Weder
Eins
Leichthin
Verbreitert.
Verbreitert durch was.
Nicht dies.
Nicht links.
Kauf
Ihre
Hecken.
S'ist nicht ein Land.
Das sagte ich ihm.
Ich möchte beginnen.
Säumen.
Von jenem Ding.
Um die Zeit.
Es.
Oder.
Es.
War.
Wie.
Wir wissen nicht wen wir zum Lunch einladen sollen.

Du sagtest mir du würdest es mir sagen. Ich weiß nicht.
Entweder.
Ich kriege doch wundervolle Aktion in sie hinein nicht wahr.
Schuld.
Würdig.
Heraus.
Ragend.
Radierer.
Das war ein Sitz.
Laß ihn aus.
Sitz.
Streck.
Nüchtern.
Ließ.
Übrig.
Kräuseln.
Unwiderstehlich.
Ich komme endlich dazu.
Ich weiß was ich will.
Ruf.
Versuchte.
Bloß.
Hingesetzt.
Zu haben.
Neben.
Die.
Bedeutung.
Bitte komm.
Ich traf.

Ein ständiges Haus das weder im Weg stand noch sich benahm als ob es für die Straße würde.
Er sieht danach aus.
Eine Leiter beleidigt.
Mich.
Ich stemme doch wenn drin.
Ich sehe sie nicht mehr an.
Johnny Grey.
Was hab ich gesagt.
Ich sagte ich würde es lassen.
Er war so nett.
Das war von Dauer.
Ich bin so sicher.
Bitte.
Es ist bemerkenswert daß ich gute Sätze machen kann.
Es erinnert mich an ein Stück das mir einfällt was besser ist.
Es ist besser.
Alles.
In.
Ich komme schon.
Dazu.
Ich weiß es.
Bitte.
Erfreut.
Erfreut mit mir.
Erfreut mit mir.
Segeltuchbezüge.
Ich wollte weggehen.
Ich fragte nach einem erstaunlichen Grün ich fragte nach mehr Bertie.

Ich fragte nur einmal.
Pack es.
Paket.
Ein wenig Verlassen.
Wir gingen essen.
Ich habe reichlich Nahrung.
Immer.
Nahezu.
Immer.
Sicherlich.
Nach einem Beispiel.
Ich hatte nie Angst.
Er sagt überhaupt nichts.
Auf jene Art.
Nicht nach.
Er war.
Sicher.
Dessen.
Dann.
Bis dann.
Wir waren.
In München.
Und saßen.
Heute.
Nach Art
Des
Starrens.
Und nahezu alles davon.
In.
Jenem.
Scheinen.

Fest.
Tuch.
Paul.
Scheiben.
Wenn ich die Natur kopiere.
Wenn ich die Natur kopiere.
Wenn ich die Natur kopiere.
Wenn ich die Natur kopiere.
Dafür.
Offen.
Gesehn.
Stapelnd.
Übrig.
In.
Übrig in.
Nicht in.
Grenze
Nähen.
Warum.
Räume.
Ich.
Meine.
Zu.
Lachen.
Sei doch.
Sei doch ganz.
Sei doch ganz draußen.
Wenn du kannst.
Komm.
Und bleib.
Und.

Nach.
Allem.
Habe.
Eine.
Nacht.
Was.
Heißt.
Daß.
Da.
Nicht.
Dies.
Wesentlich.
Ist.
Auf jene Art.
Es war alles raus darin.
Um diese Zeit.
Was vernünftig war und eine Erklärung.
Wir erwarteten niemals er würde eine Lüge erzählen.
Nicht dies.
Für.
Mehr.
Zu sein.
Indianer sind enttäuschend.
Ich war noch nie enttäuscht von einem Indianer.
Ich war noch nie enttäuscht von einem Indianer auf irgendeine Weise.
Wie alt bist du.
Sorglos.
Schwer die ganze Zeit.
Ich weiß das ist sie.

Ich bin.
Höflich.
Am Ende.

Ein Portrait von F. B.

Ein Gelockter ist jener Berg der es ringsum Leuten läßt und ringsum läutet. Da ist kein Quieken, da ist kein Tatschen da ist kein Brocken, ein leichtes Bett bleibt links liegen wenn es weggetragen wird, es hat keine Laune, es hat wenn es hat, es hat die gebogene Bettdecke, es liegt wie das links nicht lahm und nahezu leichthin und nicht mehr gemischt. Es ist so getauft wenn es da ist. Es hat jenen Raum zu identifizieren. Es ist das Richten des Balkens und es ist nicht klar und zeigt den Mut mehr der Stämme in Fülle die nicht verstreut sind und zusammengefügt. Es ist so leicht bekleidet und Pelz solls zeigen. Es ist so Pflanzholz. Da ist keine Gelegenheit und die Kopie ist nicht verkehrt zu so wenig, da ist nichts Winziges.

Laß das Paket wolle das Buch benutze den Wärmer dort, schau den Schall der keine Platte hat, würze den ganzen einfachen Ingwer, mach einen Eimer einfacher.

Lobe den Löwen und die Ratte, sieh die Brosamen ehrlich, zeig das Schwimmen der Ratte zeig das Ka-

ninchen gewinnen. Verleih das Licht und jag es dort, sieh der Flur ist trüber. Mach kein Essen am Morgen, mach es am Abend, sieh dasselbe und sieh es dort, sieh es am Morgen. Sieh die Zeit wenn das dort ist, sieh es am Morgen, sieh es alles und sag der Hut, sag es jeden Morgen, sag nicht mehr und unternimm was so lächerlich ist daß da keine Zeit ist das zu sagen und so wie so was ist der Mißbrauch einer Absicht, warum sollte da Etikette sein, warum ist da jede Beleuchtung, warum wenn die Jahreszeit dieselbe ist ist da Sommer, wann ist mehr Nacht da als im Winter.
Kehr zurück nach dem Garten, bleib nach dem Tee, lies ein Zeitstück aus, so huthaft und so wahr da ist ebensowenig mehr zu tun. Alle Zeit ist die Vergangenheit und Mahlzeit im Stück ist jene Mahlzeit und ein kleines Huhn ist eine Leber, und Einsamkeit ist genug. Ein kleines Zucken ist keine Gelegenheit, so überragend ist da eine Kategorie.
Sehr gut der Ort ist rauh, das Bett ist Silber und die Laken sind da, der kleine Slipper ist nicht organisiert, das Vergnügen wird erhalten und tatsächlich ist da ein Garten. Im Verbund ist da Verwelken. Im Sonnenschein ist da Frühstück.
Ein Drehen des Tisches heißt nicht daß da Tassen sind, es heißt daß da keine Verlassenheit ist und es heißt daß die Kopie nicht extrem ist wenn da ein Rahmen ist. Es heißt nicht das geringste.
Ein Krach wird er registriert hat ein beruhigendes Zentrum. Das ist das Überdauern einer Sicht von allen. Wenn es möglich ist daß da das Resultat ist dann würde sicherlich niemand so denken. Ein jeder tut es.

Da ist kein Sinn in einer solchen Geschichte. Da ist überhaupt kein Sinn darin. Nicht ein bißchen Besen hat das Fenster offen, nicht ein bißchen.
Kein Borgen oder Leihen und Perlen sind süß. Sie sind dasselbe wie eine kleine Kette, sie haben die Farbe früh, sie sehen die Zeit und sie brauchen keinen Wein und sie sichern die Abscheu von rosa Pfeffer.
Wähle Laufen allenthalben, will sagen daß Rollen mehr Distinktion hat, wähle eine Federboa und ordne alles Gefieder und eine Gelbe ist süßer.
Back einen Tisch, der Rest ist leer, sieh den Teller zuerst, der erste wird verteilt, sieh die Anordnung die Anordnung ist in der kräuselnden Christnacht.
Wette mehr als Zucker, kopiere nicht mehr prinzipiell, begrenze mehr Dekoration, wiederhole die Nadel. Da wird gemacht.
So zu sehen und so zu gehen und so zu wenden die Liste herum, so zu gehen und so ist da die Praxis des Nilierens. Einfachere Laken haben simple Streifen.
Ein Ziel ist mittels der Treffer. Der Jüngste ist erschüttert. Das Vernügen hat geruht.
Die Länge ist der lachende Datierer, da ist keine Herausforderung im Einmischen später. Da ist keine, die Rate stellt sich einem Verleiher.
Alleweil und im Kopf ist da ein Teller und da ist eine Mahlzeit. Da ist die Rate die nicht mehr macht. Die Stufen stolpern nicht.

Heilige Emily

Müßt Betten müßt Betten anlegen.
Frauen großer Männer ruhen gelassen.
Komm geh bleib philip philip.
Ei sei Nehmer.
Stücke von Ort Nüssen.
Angenommen zwanzig für Cent.
Es ist Rose in Henne.
Komm eines Tages.
Ein festes schreckliches ein festes schreckliches Hindern, ein festes schreckliches Hindern nimm einen Strahl noch Nadel noch.
Ei bei Orten.
Ei bei wenigen beharrt.
Ein gesetzt ein Ort.
Ich bin nicht verschollen.
Wer ist eine Erlaubnis.
Ich liebe ehre und gehorche ich liebe ehre und gehorche doch das tu ich.
Melancholie tu Lippe singe.
Wie alt ist er.

Murmel Schatz murmel Schatz murmel.
Stoß Meer stoß Meer stoß Meer stoß Meer stoß Meer stoß Meer stoß Meer stoß Meer.
Süß und gut und lieb zu allen.
Kopf tragen.
Vetter sei großzügig.
Vetter sei groß.
Zügig.
Kopf tragen.
Laß uns sitzen.
Ich glaube doch es wird enden, ich glaube doch es wird enden.
Patt zehn patzend, Patt zehn patzend.
Elf und achtzehn.
Närrisch ist närrisch ist.
Vögel messen Vögel messen Läden Vögel messen Läden messen Vögel messen.
Außergewöhnlich feste Bisse.
Wie geht es dir ich vergebe dir alles und da ist nichts zu vergeben.
Nichts desto weniger. Überlaß es mir.
Gras ohne Papier.
Gras ohne Papier ist notwendig.
Wieder verlassen wieder verlassen.
Außergewöhnliche Erwägungen.
Nichts desto weniger Zärtlichkeit.
Ruhende Kuh Gardine.
Ruhende Bullen Nadel.
Ruhende Kuh Gardine.
Ruhende Bullen Nadel.
Neben einem Rahmen.

Das einzige Hut-Haar.
Laß uns Masse laß uns. Laß uns passieren. Laß uns.
Laß uns passieren laß uns.
Summen ist.
Kein Klima.
Was ist eine Größe.
Locker alles was ich tun kann.
Farbiger Rahmen.
Einiges Einmachen.
Locker alles was ich tun kann.
Summen macht wie
Summen macht wie Summen ist.
Was ist eine Größe.
Kein Klima.
Locker alles was ich tun kann.
Soll es geben, bitte es zu geben.
Liebe es zu geben, bitte es zu geben.
Was für eine Überraschung.
Nicht eher ob.
Herzlich Ihr.
Pause.
Herzlich Ihr.
Nicht eher zusammen.
Herzlich Ihr.
Im Streuen, im Streuen.
Das ist die Art wie wir eins sind und unteilbar.
Führ die Katz schwör ab.
Nun ohne Umdrehen.
Ich werde sie dir heute abend geben.
Geschick ist und macht Geschick ist und macht die wunderschönsten Noten.

Ich möchte gerne tausend meiste meiste.
Zentrum stechende Petunie.
Elektrische sind dicht Elektrische sind licht elektrische sind ein Knopf.
Einmaliges Drücken.
Junger Fingerhut.
Laute Perlen lauter Perlenmantel.
Arrangier.
Arrangier weit gegenüber.
Gegenüber ihr.
Lily Eiskrem.
Nichtsdestoweniger.
Eine Hand ist Willie.
Henry Henry Henry.
Eine Hand ist Henry.
Henry Henry Henry.
Eine Hand ist Willie.
Henry Henry Henry.
Die ganze Zeit.
Eine watende Kiste.
Hast du was dagegen.
Lizzie hast du was gegen.
Ethel.
Ethel.
Ethel.
Nächst dem Barbier.
Nächst dem Barbier begrab.
Nächst dem Barbier begrab Porzellan.
Nächst dem Barbier begrab Porzellanglas.
Nächst dem Barbier Porzellan und Glas.
Nächst dem Barbier und Porzellan.

Nächst dem Barbier und Eilen.
Nächst dem Eilen.
Nächst dem Eilen und Glas und Porzellan.
Nächst dem Eilen und Glas und Eilen.
Nächst dem Eilen und Eilen.
Klare Fälle für Sicht.
Kitzel kitzel kitzel dich zur Erziehung.
Eine sehr vernünftige Beere.
Angenommen eine Auswahl wäre umgekehrt.
Vetter zum Betrüben.
Ein Korallenhals und ein kleines Lied so sehr extra so sehr Susie.
Kuh komm raus Kuh komm raus und raus und riech ein wenig.
Zeichne hübsch.
Nächst einer Blüte.
Nette Strecke.
Reichlich Platz.
Blumenkohl.
Blumenkohl.
Vorhang Vetter.
Schürze.
Weder bester Satz.
Mach ich dir denn solche Gesichter.
Kleiner Finger.
Nicht schreiben nicht noch einen schreiben.
Noch einen.
Denk.
Jack Rose Jack Rose.
Hof.
Praktisch alle von denen.

Glaubt es denn.
Maß ein Maß ein Maß oder.
Welches hübsch ist welches hübsch ist welches hübsch ist.
Spitze zu sein.
Laß Waldberg außer acht.
Sag jäh separat.
So groß so groß Emily.
Zog Roß zog Roß Emily.
Nicht zauberhaft geschrieben.
Ring.
Wiege Stücke vom Pfund.
Gealterte Stufen.
Stoppen.
Nicht ein Plan Bogen.
Warum ist Spitzen.
Kleiner Knall auf.
Kalter Saum Pfirsiche.
Bitte um Feststellung Bitte um Feststellung Bitte um Feststellung na gut.
Bitte um Feststellung Bitte um Feststellung Bitte um Feststellung na gut.
Räder staut Räder staut.
Bösartigkeit.
Kattun könnte bloß weniger.
Nichtsdestoweniger.
Anna.
Analyse.
Vom Standpunkt alles Weißen ist eine Woche in nichts zu viel.
Rosa Koralle weiße Koralle, Koralle Koralle.

Glücklich glücklich glücklich.
Alles das, wählte.
Ist eine Notwendigkeit.
Glücklich glücklich glücklich all die.
Glücklich glücklich glücklich all die.
Notwendigkeit.
Bleib sitzen.
Nun komm nun komm nun komm schon.
All die dicht.
Bleib sitzen.
Glücklich.
All die Notwendigkeit.
Bleib sitzen.
All die, dicht.
Du den Websters und Minen, Websters und Minen.
Webster und Minen.
Garnierung.
Gold Raum Gold Raum von Zehen.
Zween, zween.
An den Buchstaben gesteckt.
In begleite.
In einer Begleitung in.
Empfangen.
Muß.
Natürliche Spitze.
Brauch auf.
Brauch auf Länge.
Brauch auf Länge.
Länge gründlich.
Reinlichkeit.
Reinlichkeit Reinlichkeit.

Exzellente Schnürung.
Exzellente Schnürung kurz Schluß.
Dicht bei.
Wenn.
Stecknadelschwarz.
Auf oder husten.
Rufen.
Rufen.
Reinlichere Stecknadel.
An den Buchstaben gesteckt.
War da ein Raum war da ein Raum war da ein Raum zu sehen.
Keinerlei Dinge.
Personen.
Übergang.
Sag sag sag.
Nördlich vom Kalender.
Fenster.
Völker Ruhe.
Bewahrt Zugkräfte.
Listiger Stapler.
Nächst einer Chance.
Äpfel.
Äpfel.
Äpfel gingen.
Es war eine Chance samstags zu predigen.
Bitte komm zu Susan.
Absicht Absicht schwarz.
Extra reines Silber.
Wütende Slipper.
Hab einen Grund.

Hab einen Grund Candy.
Punkte von Plätzen.
Rein Nezars.
Welches eine Sahne ist, kann Sahne.
Tinte von Papier gering mein atmet eine Schulter fähiger Schein.
Notwendigkeit.
Nahes Glas.
Stell einen Herd stell einen Herd heiser.
Wenn ich sicherlich wäre wenn ich sicherlich wäre.
Sieh Mädchen sagt.
Ganz egal hell.
Helligkeit.
Wenn ein Kirn sag plötzlich wenn ein Kirn sag plötzlich.
Arm in Kassen lassen fließen pro Zehnt.
Kleine Zweige.
Bleich.
Bleich.
Bleich.
Bleich.
Bleich.
Bleich.
Bleich.
Kurz sichten.
Bitte Sorten.
Leg eines Tages.
Leg eines Tages etwas hin.
Leg eines Tages etwas hin in.
Leg eines Tages etwas hin in meine.
In meine Hand.

In meine rechte Hand.
In meine rechte Handschrift.
Leg eines Tages etwas hin in meiner Handschrift.
Nadellos weniger.
Nichts desto weniger.
Nichts desto weniger.
Pfefferiger.
Nichts desto weniger extra stressiger.
Nichts desto weniger.
Zärtlicher.
Alte Sicht.
Perlen.
Wirkliche Linie.
Schultern.
Obere Staaten.
Bloße Farben.
Kürzlich resignieren.
Suche Nadeln.
Alles eine einfache alles eine einfache Schau.
Weiße Papiere.
Slipper.
Slipper darunter.
Verraten wenig.
Ich zufällig.
Ich zufällig zu.
Ich zufällig zu zu.
Ich zufällig zu.
Was ist eine Winter Hochzeit eine Winter Hochzeit.
Rüste Sitze.
Rüste Sitze niedlich.
Bitte wiederholen.

Bitte wiederholen für.
Dies ist ein Name für Anna.
Kissen und Birnen.
Vernunft Börsen.
Vernunft Börsen um Teppiche umzulegen umzulegen.
Marmor ist durch Fahrt.
Nüsse sind Spucknäpfe.
Das ist ein Wort.
Das ist ein Wort sorglos.
Papier Pfirsiche.
Papier Pfirsiche sind Tränen.
Ruhe in Trauben.
Durchaus gebraucht.
Durchaus gebrauchte Zeichen.
Alles außer.
Erleichternd erleichternd.
Argonauten.
Das ist reichlich.
Geschicktes sächsisches Symbol.
Symbol der Schönheit.
Zimbel von allen.
Geschickter Klee Zimbel.
Geschickt von allen.
Geschickt von Zimbel.
Geschickt geschickt.
Auf Schoß Hunde setzen.
Stadt Nacht.
Stadt Nacht ein Glas.
Farbe Mahagoni.
Farbe Mahagoni Zentrum.

Rose ist eine Rose ist eine Rose ist eine Rose.
Lieblichkeit extrem.
Extra Gamaschen.
Lieblichkeit extrem.
Süßeste Eiskrem.
Seite Zeiten Seite Zeiten Seite Zeiten.
Drehte Drehte Draht Draht.
Süßer als Pfirsiche und Birnen und Sahne.
Drehte Draht drehte Draht.
Extra extreme.
Nimm Maß Schatz.
Maß Schatz.
Tafeln Spur.
Gepflegt.
Teig.
Das reicht.
Kelch oder Kelch oder.
Exzessiv unrechtmäßig.
Pussie Pussie Pussie was was.
Laufende heimliche Schnupfer.
Immer.
Gnade für einen Hund.
Medaille mach Medaille.
Fähig fähig fähig.
Ein Gehn zu Grün und ein Brief sprach ein Gehn zu
Grün oder Lob oder
Anbetungen Anbetungen Anbetungen.
Tür.
Tu er.
Tafel Linnen.
Nasse Beute.

Nasse Beute Gamaschen und Knie und kleine Spulen
kleine Spulen oder fertiger Seiden Saum.
Angenommen Mister er mißt.
Locken zu Butter.
Locken.
Locken.
Strecken setzen.
Sieh bei bis.
Louise.
Sonnig.
Segel er.
Segel er schneller.
Moor gehn morgen.
Der Weg zu sagen.
Platschen.
Ein Teil eigen ein.
Räuber.
Ein hohes b und ein vollkommener Anblick.
Kleine Dinge Singer.
Jane.
Zielend.
Nicht in Beschreibung.
Tag Weg.
Ein Schlag ist entzückt.

IIIIIIIII.

In Klein

Clinch, Melodie, Eile, Löffel, speziell, stumm, Kuchen, Förster. Fein, Rohr, Teppich, in klein, aus breit, Tor, Licht, Labor.

Bankwesen

Kaffee, Kaff, Glas, Löffel, weiß, Singen. Wähle, Auslese, sichtbar, Blitz, Garten, Unterhaltung, Tinte, Ausgaben, Licht Raum, Morgen, Feier, unsichtbar, Empfang, Stunden, Glas, Rundung, vor Ladungen, Funkeln, die Minisektion erleiden, das Ausweiten sanktionieren, rund wie der Rundfunk, gewisser. Aller Wandel. Jedwede Beratung unaufreibend und Glanz gespalten.
Vorwärts und eine Schnelligkeit und keine Ähnlichkeit keine mehr ganz und gar. Licht Sicherung, mehr Sicherungen nicht mehr Sicherung wegen der Trennung.

M--n H--.

Ein Koch. Ein Koch kann sehn. Trefflich in Uniform, Auswirkung in einem Medium. Ein Koch kann sehn.
Clark welcher schrecklich ist, clark welcher schimpflich ist, clark und Ordnung.
Eine Stecknadel ist eine stumpfe Spitze und spickend und kombiniert und mehr viel mehr ist fein.
Ratten ist, Ratten ist eichen. Räuber. Höhe, Alter, Meilen, Verputz, Pedale, mehr Ordnung.
Backe, eine Bude hat Grund und mehr später Haferkuchen besonders.
Gib Gummi aus, Halter und Kohle, hoch, Vorsicht, in einem spitzen Kragen. Ein scheußlicher Südwest ist immer ein Klimmen in gealtertem selten gelungenen Geschmack, zur Unzeit, Notwendigkeit weiß, Stunde in einer Glasur.
Bruch, himmelblaues Licht, mittelbar, in einem geschnittenen Teppich, in dem Pack. Ein Klang.

Coo--ge.

Ein Druck die Tinte und starre und Käse. Eintrag die Ohnmacht und Feder und weiß. Weiß im Gefieder.

M--n H--.

Kein Mittag zurück. Kein Mittag Siedler, keine Sonne in der Schräge und Teppich ganz und gar umzingelt.

Kein gedrückter Verputz. Keiner.
Keine drückenden Pfannen und Pfannkuchen. Nicht gerade verwandt. Nicht verwandt.
Materie in der Mitte von ein Ziegen Sand und gleiten in die Hütte.
Kein Bericht von Geschwätz. Keine Lerche ganz und gar.
Perfekte Zitrone und ein zentrales Schwarz schneiden. Kein solches Bewölken. Ein Zucker, ein lahmer Zucker, sicherlich. Keine Nüchternheit kein silberner Aschenbecher.

M--n H--.

Eine Ko-Existenz mit hartem Säugling und Löffeln, und Löffeln. Eine Ko-Existenz mit Souper in Orange. Ein letztes Flicken. Ein Betteln. Sollte der Angriff ausgerottet werden, sollte er.

M--n H--.

Ein Klang ist in der besten Gesellschaft. Er summt und zieht, er wirft den Hut auf keine Art und Weise fort und auf keine Art und Weise besonders aufs Pflaster. Die Gemeinheit ist eine Auslese von Teilen und alles dessen ist nicht mehr ein Taschentuch bloß und groß.

Punkte

Der Austausch der fantasievoll ist und gerecht und gemischt ist in dem Autor zumeist in dem Stück.

Ch--n.

Eine Einheit ist die Zwischenzeit in einer Einigung. Ein Ast Kasten ist genauso gespannt und gemieden und selbst dann ist es an Stelle von Stümpereien, ist es in dem Stück das Zögern klar macht.
Die Jugend und das Scheck Brett und die alle Farbe eingehend, dies und die Chance von hellen Mehlen einwärts ist nicht in einem Blick. Ein Scheck ist ein Vorfall und mehr mehr ist im Einwohnen.

Gehackte Orte

In dem unkonzisen Wort das gespendet wird und in der Schuld außergewöhnlich ist das Zentrum das ganze Zentrum gepaart. Dies ist Wahl.

M--n H--.

Hunger ist nicht hurtig und ein Schweigen ist nicht mehr als immer, es ist nicht so exakt und das Wort im Gebrauch ist da.

T--s Wh--.

Ein Schnitt in Trusts und in schwarzen Farben die

keine Teppiche sind überhaupt wahrscheinlich keine Teppiche und kein Saugen in Substanz des Sackleinens allein an Luft gesetzt draußen. Dies macht einen Wandel kostbar und nicht fehl nicht fehl an Stelle von mehr Nutzen. Nicht fehl in der Bedeutung rapide.

M--n H--.

Das baldige Anwesen und abwechselnd etabliert hat helle Soldaten und friedfertig auf dem Rest der Strecke.

J--s B--e.

Ein regulärer Grund zum Gehen ist jener welcher Spähen zeigt und weiche Stellen zwischen Mus und dies ist am meisten feucht im ständigen Sommer. Soviel Naß das glänzt doch und die Jalousien all die Jalousien sind nüchtern. Ein Stück Schnitt Gras ist gefährlich gefährlich zu riechen und für alle meistens.

S--ns.

Ein dunkler Grund ist nicht schwarz gefärbt zumeist und schmutzig sicher und viel Austausch ist viel mit einem Anblick und so viel einzuwischen mit Ansprachen zum Schnippeln.

J--e B--e.

Eine enge Wäscherei die mal Stück Werk ist ist bestenfalls erstaunlich. Dazwischen in, im Nebenher, und nicht mehr Ursprung, mehr in dem Unkraut gesegnet.

M--n H--.

Punkt, Gesicht, Tuch, Spielzeug, abgeschlagen, Sinn oder, wieg Wagen, bald Schnabel weiter, so saug ein, und ein Eisen.

W--ie C--n.

Weise eine Rose, sieh einen Boden, sieh einen Sattel, sieh einen Mönch Baum, sie einen Sand Baum, trau einem kalten Bissen vom Sauren nützlicherweise in einer Rede.
Sieh die Wiese in einem Wiesenlicht.
Die Schuld ist notwendigerweise eine Unterbrechung senkrechterweise.

L--e.

Der Saum im Zwischenraum ist zaunlos.

E--e.

Der Saum in meisten engen Beinen sind lockerer und nicht sicher höflich.

K--y.

Die Trennung ist ein Anblick.

R--ck.

Schokolade ist alarmierend an alten Orten, Schokolade ist Donner.
Anschluß an gerissenes saures grünes Gras ist gestern und morgen und abwechselnd.

Ch--n.

Freundlichkeit ist notwendig und ein vergossenes Eisen Darlehen. Die beste Wahl ist ein gesaugter Ort eilfertig und viel irgendwas innerhalb des geschnittenen Vergießens.

Alf--.

Jacke in Knospen und in Gläsern, Jacken völlig im Zusammenstoß.
Ein Dreieck sorgt sich um erinnerte Socken und Beispiele.

Frieden ist in.

Kein Vergießen und ein Argument, kein Vergießen und kein Vergießen wird verlockt. Ein Ruf ist eigen.

Ch--n.

Eine heroische Haltung zu Recht genannt und besonders, besonders und enthalten in einem Adler.
Ein Zeichen und ein Fenster Glas und ein glorreiches Kauen, ganz und gar ein Sänger.

R--ck.

Verborgenheit in einer Jahreszeit macht das Welken nasser. Soviel Verhüllung, so am besten zu sägen in richtige Stücke das Geklirr und die Stille. Der aufgehaltene Ozean, die gegessene Pfanne die keinen Schnittkuchen hat, derselbe bloß der andere Klee ist der beste, ist der beste.

K--y.

Vorsicht, Vorsicht alle, Vorsicht die Wolke und der Hafer und der Stöber und die Lichtung und die glückliche Delle und die Witwe triefend und das Klimmen und die Korrektur.

M--n. H--.

Schließ die Kammer in der Tür zu, so wohl und so schwach und so gebuttert. Schließ die Kiste aus, schließ sie bloß nicht ein.

Alf--.

Verbrechen, Verbrechen ist jene Art und Weise sicher zu berechnen, Verbrechen ist ein Zahnstocher. Das ist es. Es hat einen Kredit. Jeder alte Stock der ein Erstikken hat auf die Art und Weise daß da ein Leder ist zeigt einen gemeinen Geist.
Ein Augen Glas, eine gelbe und Halsketten Person, eine besondere Art und Weise etwas zu datieren, jedes erfreuliche Register bedeutet keine auf der Stelle ersetzten Mäuse.

L--e.

Ein Satz kaltes Ei, ein Satz in zusammen ist lebendig.

Alf--.

Ein ausgebellter Sonnenschein, eine bessere Art und Weise Montag zu arrangieren, eine Wolke vernachlässigter Donnerstage, alle diese sind irgendwie zusammen.

E--e.

Ein weißer Hochzeitskuchen bedeutet ein weißes Ding und also nichts mehr übrig in der Flasche, kein Wasser wächst mehr.
Ein sehr wahrscheinlich erzählter Ort ist jener welcher am besten nicht erwähnt wird, am allerbesten nicht.

Das in Kleinen ist in Klassen in Kleidern in ganzen Klassen verdutzend eigenartig.
Die beste Art und Weise alles einzubringen ist ein Bissen, es ist so auf jede Art und Weise besonders.

S--ns.

Geschickt, sehr geschickt. Klug, sehr klug, kritisch, nicht nur sehr kritisch, kritisch, kritisch.

Alf--.

Das höchste Stück bereiteter Möbel erklimmen ist keine Kollektion. Es ist Teil des sich nicht windenden alten Glases.

M--n H--.

Eine Sonne im Schein, und ein so und ein so geholfener Winkel ist dasselbe wie die gesamte Rechte.

Die Hochzeit

Es ist nicht um sonst daß die Reihe unzerknirscht Quantität stellte. Einrichten ist etwas, individuell ist aus gerichtet. Beatles, bloß gealterte Klänge sind heiß, eine Kanne kann locker und ein Schwamm voll, eine Kanne im Falle und ein Wachs will kommen, eine Kanne, ein einzelnes Loch, ein Wildes Wald andeutend, ein halber Teppich und ein Kopf Kissen, ein Kopf Kissen anwachsend, ein Hemd in einer Wolke, ein dreckiges Bäck Leiden, ein Ding rauh, ein Ding dünn, ein langer Ruf, ein Wunder, ein über Stück von kühlem Öl, ein Zucker roh, rein aufgeschlossener Unfall, ein Ergebnis in einer Tat, ein Kupfer, irgendein Kupfer. Ein Sinn den Bock bemänteln, in kühnen Jalousien, in kühlen Jalousien schließen und nicht wechseln Jalousien nicht Höhe Punkte wechseln und Gefühle und überhalte den Hebel, die Bindung eines schoß Tiers und ein Revolver, das gewählte Darlehen, der besessene Kuchen in Stücken, wie man schwimmt.

B--b--b-

Eine Sprache in einem Bad und in einem Morgenmantel zu einer Präzision und eine wahrscheinliche Verbindung und ein einzelner Perser und ein Bügeln durchaus nicht gefärbt und eine Schwermut nicht eine Schwermut, und eine Nadel ganz egal, und eine Nadel nicht zu teilen und eine Nadel mit einem Stein.

W--ie C--n.

Ein jähes Eintauchen in einen Wald und ein jäher Vorrat in einer Tasse Wasser kalt und ein dunkler Sonnenschein und ein Drücken, eine Länge in allem.

T--s Wh--.

Eine Art Katarakt ist ein hoffnungsloser Schlag.

Locken

Einer würgt der Teil von einem lauten Klang in einem alten Stück Glas geschieht, es ist massiv und alles das und auf keinen Fall geräuschvoll. Die beste Weise ist so wie so einfach zu bleiben und zu denken. Die beste Weise ist immer lebhaft durch eine Art von heiserem Flüstern. Eine Jalousie ist Licht lediglich wenn da ein Witz ist. Dies hat keinen Zweck.

Alf--

Ein Geburtstagskuchen ist am Morgen wenn es keinen Zweck hat zu schlafen. Angenommen es ist Zeit um neun, je weniger oft es sieben ist desto mehr Zweck hat es einen Witz zu leihen. Jede nette Weise zu bleiben ist länger als notwendig war und die Versuchung die wirkliche Versuchung geschieht nie, da ist ein Schnitt weg und da ist eine Art von einem reifen Käse der eben begonnen hat.
Einsteigen und Steigen sind die Weisen zu wandeln und die einzige Hoffnung ist was da ist, wenn es nicht ein Unterschied ist zwischen allem dessen jedesmal.

J--s B--e.

Eine Haltung und Ordnung und ein Bissen, wirklich ein bißchen und Sorge und Erhalten und ein Urlaub und eine lange halb erhöhte Hutschachtel und mehr Silber und mehr in Silber in manchen und die Knöpfe in einem Hut und ein milder Markt und Ziegen und nicht Siegen Donnerstag und alles Wohlsein und hol seine Fersen im Vorderrasen und leichte Kornernten, all dies ist ein Schuften und viel Panieren und eine Art von Schutz ist die Art unvorkommenderweise.

Schlüssel

Eine wilde Taille und ein einfaches Zucken und Blühen und am besten auf eine Weise zu kommen, Hütte, Herz, Haut, haben, innerhalb, eine Studie, hart in, alle welche, schwarze Büsten, Kohlewagen, Goldnase, Weißholz, lockig packen, halb in, alle welche, beste Pflanze, kalter Teppich, in dem Glas.

Schlüssel

Warum sind Flecken seidig und alte Stücke rötlich und bunte Engel fort gebaut. Warum sind Knöchel ruhiger und Nadeln Brocken und kühn in Hitzen abgeschreckt. Warum sind der Wilde hart und das Altern im kommen. Warum sind die besten Alten scheinen schuldhaft und eine Entscheidung, entscheidend.

Ch--n.

Begeisterung, Umsicht, kaltes Herz und elegant das Beispiel, eine sich windende Gasse und eine Treppenhausmitte, ein vollkommener Giftschlupf.

Ch--n und R--ck.

Ein Klappern von kuriosen Nadelkissen sanft gesammelt von der Pfanne die da kommt.
Weit in der Straße läßt die doppelte Verpflichtung stottern, eine Neigung in der Rolle, eine Neigung darin.
Eine Neigung in wenn und alle kamen als es für war und das Hindernis und es.
Eine Residenz.

Ch--n R--ck und M--n H--.

Sei beraten daß wirklich keine Unverschämtheit in dem Fahrradladen ist. Sei dadurch beraten.
Sei beraten daß kein Belgier stark ist, sei wundervoll.
Seid wetten Zweck das kommt rein.

M--n H-- und Alf--.

Eine Gelegenheit alle Kabel alle Tücher zu verkaufen und alles was getroffen, nicht getroffen ist.
Ein kaltes Hasch eh Ische das heißt Sägespäne und heiß genug, Heizung heiß genug.

Nicht wütend schneiden

Eine einzige Rede ist darin, ein Erdboden. Eine einzige Rede. Ein Schinken. Eine Erkältung. Eine Verschleierung. Ein Graf. Eine Schlüsselblume. Eine Melodie Senke. Ein wohler König. Ein Haus zu vermieten. Ein Ausschnitt.

B--b--b.

Ein Schaudern macht ein Schütteln. Ein bißchen einer grünen Brise macht eine ganze grüne Brise und eine Brise ist dazwischen. Eine Brise ist abgedeckt durch eine Woche feucht und alles verkauft, irgend etwas wohnend, im Nebel. All die ganzen steuern, alle davon.

Ruf

Besten zu schließen kaputte Kühe mit Schlamm und Splittern und kleine Stücke von Gewinn und mehr Stahltüren ein besseres schmerzt und ein Rückgrat und eine kühle Schule und Rufen, frühes Steigen und eine beste Passion und ein Segen und ein Segen und ein Segen. Kein breites Kohlegas.

Einer
Carl Van Vechten

Einer.
In einem üppigen abgelegten Pelz in dem Fonds und in dem Haus, in dem neben nächsten Tuch und inner, in der Truhe, in gemeinem Wind.
Einer.
In der besten meisten Seide und Wasser viel, in der besten meisten Seide.
Einer.
In dem besten könnten währen und Wind der. In dem besten könnten währen und Wind in dem besten könnten währen.
Zeitalter, Zeitalter, alles was saß.
Einer.
In dem Gold gegenwärtig, in dem Gold gegenwärtig unplötzlich und entkentert und entwandernd.
In dem einkommenden Gold.

Einer

Einer.

Keiner im Stall, keiner bei Geistern, keiner in dem letzten Fleck.

Einer

Einer.
Ein Öl in einer Kanne, ein Öl in einer Phiole mit tausend Stielen. Ein Öl in einer Schale und ein Stahlsofa.
Einer.
Ein Öl in einer Schale und eine wollne Münze, eine wollne Karte und ein bester Satin.
Ein Wasserturm und eine Hütte zum Sprechen, ein Wasserturm und gänzlich Wasser, Wasser und Wasser.
ZWEI.
Zwei.
Eine rührende weiße glänzende Schärpe und eine rührende weiße grüne Weste und eine rührende weiße bunte Orange und ein rührendes Stück Gummizug. Ein rührendes Stück Gummizug plötzlich.
Eine rührende weiße eingefaßte verflixte Eile, eine rührende Forschung in höchster Gefahr. Eine rührende Forschung ist eine über Schau.
Eine rührende Exaufteilung ist in einem Exempel von Arbeit, ein rührender Takt ist in der besten Weise.
Eine rührende Kiste ist in einem Kutschensitz so daß eine rührende Kiste auf einem Kutschensitz ist so ist eine rührende Kiste auf einem Kutschensitz, eine rührende Kiste ist auf einem Kuttensitz, eine rührende Kiste ist auf einem Kutschensitz.

Eine rührende Kiste ist auf dem Rühren so hielt das Helfen.
Zwei.
Etwas geblieben in dem Berühren ist eine Szene, eine Szene. Etwas drin geblieben ist irgendwie übriggeblieben.

Vier.

Vier.
Vier zwischen, vier zwischen und hackend. Vier zwischen und hackend.
Fünf.
Vier zwischen und ein Sattel, eine Art trüber Richter und ein großer dicker so bunter Hund.

Ein Portrait von einem Harry Phelan Gibb

Manche ein er weiß er alles weiß daß manch ein er manch es ist. Manch ein er ist manch es und schafft es schafft es jenes zu hoffen. Er leidet.

Er schafft es hofft er und er schafft es sagt er daß das manches ist. Er leidet, er leidet und schafft es hofft er daß schafft er es sagt er daß schafft er es hofft er manches ist.

Er leidet, er hofft, er schafft es sagt es daß irgend ein es manch es ist. Er leidet, er hofft, er schafft es sagt er daß manches manches ist. Er hofft daß er es schafft hofft er daß manches manches ist. Er hofft daß er es schafft sagt er daß schafft er es hofft er daß manches manches ist. Er hofft daß er es schafft sagt er daß manches manches ist.

Gertrude Stein
keine keiner
Ein Kriminalroman
Aus dem Amerikanischen
und mit einem Vorwort von Renate Stendhal
Herausgegeben und mit einem Nachwort
von John Herbert Gill.
125 Fotos. Geb.

Was geschah mit dem Landhaus? Warum lag Blut auf dem Eßzimmerboden? Was geschah in dem Hotel? Warum lag die Frau des Hoteliers tot auf dem Zementfußboden? Und was hat die Schwester des Gartengestalters damit zu tun? ›Blood on the Dining-Room Floor‹ oder ›keine keiner‹ ist der erste und einzige Kriminalroman, den Gertrude Stein geschrieben hat, und er ist eine Entdeckung.

Gertrude Stein im Arche Verlag:

Autobiographie von Alice B. Toklas
Aus dem Amerikanischen von Elisabeth Schnack
312 S. Br.

Drei Leben
Erzählungen
Mit einem Vorwort von Cesare Pavese
Aus dem Amerikanischen von Brigitte Gerlinghoff
320 S. Fotos. Br.

Picasso
Erinnerungen
Aus dem Amerikanischen von Ursula von Wiese
56 S. Geb.

Was ist englische Literatur?
Vorlesungen
Aus dem Amerikanischen von Marie-Anne Stiebel
192 S. Br.

Was sind Meisterwerke?
Essay
Einführung von Thornton Wilder
Aus dem Amerikanischen von Marie-Anne Stiebel
80 S. Br.

»In ihren Büchern ist das Leben eine schrecklich klare Angelegenheit.« Cesare Pavese